AME D'AMOUR

E. BERNARD, IMPRIMEUR-EDITEUR, PARIS

Un Drame d'Amour

Par Louis Maurecy

A Mme Joseph Henry.
Témoignage de respectueuse amitié.

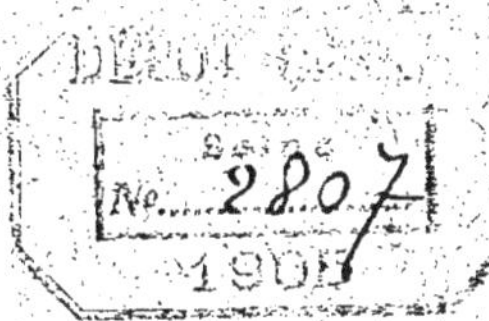

PARIS

E. BERNARD, IMPRIMEUR-ÉDITEUR

29, Quai des Grands-Augustins, 29

SUCCURSALES

1, Rue de Médicis, 1 | Galeries de l'Odéon, 8-9-11

Droits de Traduction et de Reproduction réservés

Un Drame d'Amour

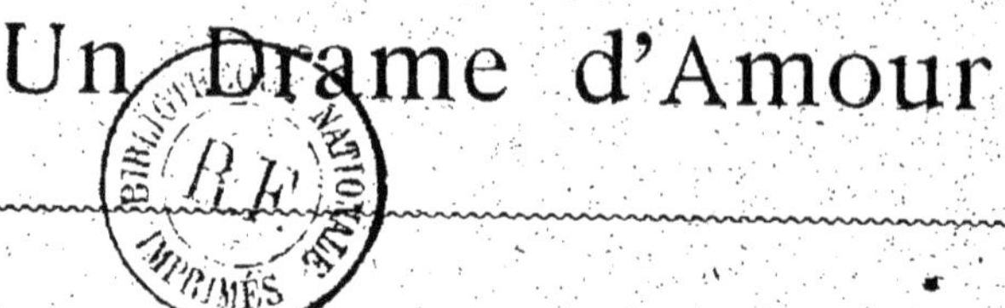

I

LA SIRÈNE

Peu à peu le silence s'était fait, le cercle des indifférents s'était resserré et chacun, ému, écoutait le cantique d'amour que modulait la voix passionnée de Mme de Chevrey.

Debout près du piano, le visage très pâle, l'air inspiré, les yeux levés en une expression d'extase, les narines frémissantes, les lèvres empourprées, la jeune femme enthousiasmait son auditoire par la splendeur de son chant.

Quand il expira, le cercle des admirateurs se resserra encore autour d'elle, et mille louanges — pour une fois sincères — éclatèrent sur les lèvres.

Seul, parmi tous, le jeune compositeur Jean Odin demeura à l'écart, semblant figé en sa contemplation.

Jamais il ne lui avait été donné d'entendre un chant plus divin, de voir un visage plus expressif. Cette femme était l'incarnation de ses rêves d'artiste, la

chimère qui le hantait depuis si longtemps et qui jamais, comme ce soir, ne lui avait caressé l'âme si dé-
licieusement. Il était demeuré immobile les yeux fixés
sur l'artiste, quand une main se posa sur son bras,
et une voix connue vint le tirer de sa rêverie.

— Es-tu donc le seul insensible au chant de la
sirène ?

Jean ramené brusquement à la réalité reconnut
son ami, Philippe Marceau, un jeune avocat de grand
talent.

Celui-ci continua railleur :

— Peut-être, au contraire, t'a-t-elle enchanté ?
Prends garde, Jean, les sirènes sont des êtres perfides, elles conduisent à l'agonie et à la mort ; fuis
leurs maléfices !

Jean sourit.

— J'avoue, dit-il, que c'est l'extase et non l'indiffé-
rence qui me rend muet. Quelle est cette artiste ?

— Une mondaine tout simplement, mon cher, une
bourgeoise ayant époux et enfant. Tu ne lui as donc
pas été présenté que tu l'ignores si parfaitement ?

— Non. Je suis arrivé tard et je fréquente très peu
cette maison. D'ailleurs je fuis le monde le plus possible, tu le sais.

— C'est vrai, et cependant il pourrait être si utile à
ta carrière ! Enfin, veux-tu connaître plus intime-
ment Mme de Chevrey, la sirène de tout à l'heure ?
Je puis te présenter.

— J'accepte, répondit vivement le jeune compositeur.

Et, entraîné par Philippe, il entra dans le cercle des admirateurs qui entouraient la cantatrice.

— Madame, dit Marceau, permettez-moi de vous présenter mon ami, Jean Odin, un compositeur d'avenir.

—...Et qui est trop heureux d'apporter à vos pieds, Madame, le tribut de son admiration, ajouta Jean.

Les grands yeux noirs de Germaine se fixèrent sur le jeune homme qui pâlit.

A cet instant, il était plus ému certes qu'il ne l'avait jamais été, même la première fois qu'une de ses œuvres avait affronté le jugement du public.

L'examen fut sans doute favorable au jeune artiste, car Mme de Chevrey lui sourit et avec une grâce exquise lui tendit la main.

— Vos compliments, Monsieur, me sont très sensibles, car j'ai su, moi aussi, apprécier votre talent. L'auteur des *Algues* était déjà un ami pour moi.

Jean rougit.

Les Algues, sa mélodie préférée, celle dont il avait écrit le poème et la musique, et qui, cependant n'avait pas eu, près du public, le succès qu'elle méritait.

Comme les âmes trop fières que la foule méconnait, *Les Algues* étaient demeurées inconnues en leur beauté.

Cette délicate attention qui avait mis sur les lèvres de Mme de Chevrey son plus cher poème, alla droit au cœur du jeune homme.

Enfin, *Elle,* avait compris tout ce que cette œuvre

contenait de charme délicat, de tendre mélancolie.
Elle avait su en découvrir toute la beauté, l'aimer
comme il l'aimait lui.

— Ame sœur ! lui cria son cœur en une adoration
profonde.

Et tout haut, il ajouta :

— Merci, Madame. — A mon tour, je vous avoue
que rien ne pouvait m'être plus doux que cette
louange adressée à mon œuvre la plus ignorée, et cependant la plus aimée.

— Je m'en doutais, Monsieur, car pour apprécier
votre mélodie il faut avoir l'âme d'une artiste.

Il osa dire ;

— Une âme exquise comme la vôtre, Madame.

Elle sourit.

Décidément, il lui plaisait ce jeune homme presqu'un enfant, dont le front pâle masquait les rêves
de tendresse et d'ambition, qu'exprimaient les yeux
bruns, aux reflets dorés.

Autour d'eux, le vide s'était fait et maintenant ils
étaient demeurés presque seuls dans le salon où elle
venait de chanter ; la partie musicale de la soirée
étant terminée, le cotillon allait commencer. Cons-
ciente de l'impression qu'elle produisait sur son in-
terlocuteur, la jeune femme poursuivi la conversation, l'entretenant de chacune de ses œuvres, approu-
vant l'une, critiquant l'autre, avec la justesse et l'autorité d'un maître.

Jean était ébloui.

...Il y avait longtemps qu'ils causaient ainsi, quand

une jeune fille pénétra dans le salon et s'approcha
de Mme de Chevrey.

— Ma fille, Simone, présenta Germaine avec un
sourire répondant à l'expression d'étonnement peinte
sur le visage du jeune homme, qui ne put retenir
cette exclamation :

— Votre fille !

— Mais oui ; elle a seize ans !

Et elle ajouta railleuse :

— Vous le voyez, bientôt il me faudra chanter
pour bercer mes petits enfants !

Jean, stupéfait, contemplait le délicieux visage de
Mme de Chevrey dont la fraîcheur ne s'altérait d'aucune ride.

— Madame, vous vous êtes donc mariée bien
jeune ? articula-t-il difficilement.

— Mon Dieu, à dix-sept ans. — J'ai trente-six ans.

On devinait que l'énoncé de son âge était une coquetterie chez Mme de Chevrey, car elle paraissait à
peine trente ans !

— Ma fille, continua-t-elle, vient me prévenir que
mon mari m'attend pour se retirer. Voulez-vous me
permettre de vous présenter à M. de Chevrey ?

— Trop heureux, Madame, fit Jean, en s'incli-
nant, cependant que son cœur se serrait soudain.

Ils quittèrent le salon, et dans le suivant ils trouvèrent M. de Chevrey qui attendait.

C'était un gros homme, haut en couleur avec
d'énormes sourcils noirs, et une barbe épaisse. Au

milieu de cette broussaille le regard étincelait sombre et dur.

Les présentations eurent lieu ; M. de Chevrey, aimablement, tendit la main au jeune homme.

— Venez voir, Mme de Chevrey, elle adore la musique et l'interprète assez bien. Vous vous entendrez parfaitement tous les deux.

— De 5 à 7, jeudi, je serai chez moi, ajouta Germaine. Si vous avez l'amabilité de venir, Monsieur, je vous chanterai « *Les Algues* »

— Ce sera une grande joie pour moi, Madame.

— Voici ma carte, ajouta M. de Chevrey, en tendant au jeune homme le fin carré de bristol sur lequel il lut :

AUGUSTE DE CHEVREY

BANQUIER

*** Rue Lafayette.

Quand M. et Mme de Chevrey furent partis, Jean demeura un instant comme ébloui.

Près de lui, la voix moqueuse de Philippe Marceau clama en prophétie :

— Prends garde, Jean, les sirènes sont des êtres perfides ; elles conduisent à l'agonie et à la mort ; fuis leurs maléfices !

II

INTIMITÉ

On était aux premiers jours du printemps. Le Carême était proche, car c'était à l'une des dernières soirées de la saison que Jean Odin avait été présensenté à Mme de Chevrey.

Quand le jeune homme arriva chez elle, le jeudi suivant, la nuit était faite complète dans le petit salon où elle le reçut, et une lampe voilée de rose jetait seule sa lueur vive qui animait d'un reflet de pourpre le visage de la jeune femme et donnait à la pièce une note plus grande d'intimité.

Une bûche achevait de se consumer dans l'âtre et ses tisons présentaient ces figures bizarres, fantastiques que l'esprit superstitieux se plaît à consulter dans la rêverie des soirs.

Tout de suite, la jeune femme vint à lui, le sourire aux lèvres, la main tendue. Après les premières politesses, d'un geste amical, elle lui indiqua l'un des deux fauteuils disposés de chaque côté de la cheminée, et prenant place dans l'autre :

— Comme de vieux amis ! dit-elle.

Jean avait retrouvé son émotion du premier soir ; cette émotion qui le paralysait, qui ne laissait en son cerveau et sur ses lèvres que le même cri d'admiration... d'adoration !

Il disait *Madame* avec la même dévotion qu'il eut
dit : *Mon Dieu !*

La causerie s'engagea cependant légère et fami-
lière, grâce à Mme de Chevrey. Ils parlèrent de la
soirée de Mme de Sené (¹) chez laquelle ils avaient
fait connaissance, de Philippe Marceau leur ami
commun, puis ils glissèrent vers leur grande passion :
la musique.

— Quelle joie j'ai éprouvée à vous entendre l'autre
soir Madame, et quelle douce émotion vous m'avez
procurée en me parlant *des Algues*. Cette mélodie
est ma benjamine, et j'y suis attaché comme une
mère à sa fille de prédilection.

Elle répondit gracieusement :

— Je partagerai un peu cette maternité, si vous
le voulez bien, en me permettant de m'occuper de
l'avenir de votre *benjamine*. Je la produirai dans le
monde. Dorénavant, quand on me priera de chanter, ce sera votre délicieuse mélodie que j'interpré-
terai. Sa musique n'en est-elle pas aussi captivante
que la caresse de ses sœurs dont elle porte le nom ?
Les Algues ! c'est toute la poésie marine qui me
monte à l'âme ; c'est la grâce de la vague, le murmure
du coquillage, la caresse de la brise ! — Qu'elle a été
sa marraine à votre benjamine ?

— La mer, Madame, et son parrain, moi-même.

— La marraine est votre très-aimée, n'est-ce pas ?
Monsieur.

Rivalés, même collection.

— Oui, Madame. J'ai passé en sa compagnie les meilleurs instants de ma vie.

— Un Parisien, comme vous !

— Vous faites erreur Madame, et je suis loin de revendiquer un titre auquel je n'ai aucun droit. — Ce n'est pas dans l'air vicié de Paris que mon âme a grandi, appris à penser et à rêver ; c'est dans l'atmosphère saine des champs et de l'Océan que j'ai fait l'apprentissage de la vie !

— Oh ! quel enthousiasme !

— Pardonnez-moi, Madame... si vous êtes parisienne !

— Je ne le suis pas non plus, Monsieur, je suis née à Rouen.

— Normande ! mais alors nous sommes frère et sœur par le berceau ! — Moi, je suis né à Benouville, un tout petit village du Calvados, que mes parents habitent encore. C'est là que j'ai grandi, que j'ai vécu, jusqu'au jour où ma famille, comprenant enfin que rien ne m'arracherait à ma passion pour la musique, passion que m'avait inspirée un jeune prêtre, desservant de notre paroisse, me permit de venir à Paris, en s'imposant pour moi les plus grands sacrifices.

— Pauvres gens, ils en sont bien récompensés maintenant que le succès vous sourit.

— Mon Dieu, Madame, le succès n'est pas toujours la fortune...

— L'Avenir est à vous, Monsieur.

— Le Présent l'est plus encore, et c'est de lui qu'il me faut m'occuper.

— Tristes questions que les questions matérielles, pour un esprit comme le vôtre ?

— Certes, mais je suis vaillant ; je travaille et tente de faire partager l'amour de mon art, aux jeunes âmes que l'on me confie.

— Vous donnez des leçons !

— Oui, Madame. Il le faut bien, pour vivre.

— Mais alors, Monsieur, me permettez-vous de vous demander de bien vouloir être le professeur de ma fille Simone ? Elle a de grandes dispositions pour la musique, d'une nature très délicate, c'est une âme rêveuse, sensitive, très bien douée. Votre élève vous intéressera sûrement, cher Maître.

— Je vous remercie, Madame et serai très fier de donner des leçons à Mlle votre fille. Je tenterai d'en faire une artiste comme sa mère.

Un silence suivit, puis Mme de Chevrey reprit :

— La Mer ! moi aussi je la connais et l'admire.

Toute jeune, j'y passais mes vacances. J'avais alors beaucoup plus l'air d'une fille de pêcheur que d'une future grande dame. La maison que nous habitions était digne du décor et de l'enfant que j'étais. Elle était modeste, très modeste... car moi aussi, je n'ai pas toujours connu le luxe de la fortune et mon berceau peut se rapprocher du vôtre.

Mme de Chevrey se tut un instant, fouillant de ses regards avides le visage du jeune homme.

Cet aveu de pauvreté, était une nouvelle coquetterie. Elle savait qu'elle nivelait ainsi un des obstacles qui la séparaient de Jean Odin : qu'elle faisait disparaître à ses yeux le luxe dont elle était entourée et qui blessait peut-être l'âme fière du jeune homme.

Délaissée par un mari qui n'avait pas compris cette femme que la névrose entraînait trop souvent dans l'Idéal aux dépens de la réalité, Germaine obéissait au besoin qu'éprouve toute femme de s'entourer d'une atmosphère de tendresse.

Devinant la sympathie du jeune homme, elle cherchait à l'augmenter. Il lui souriait de parcourir, avec lui, les sentiers de l'Amitié... combien proches de ceux de l'Amour !.

Elle reprit :

— Au lieu et place de notre vieille maison, s'élève aujourd'hui, une villa luxueuse que M. de Chevrey fit construire presque aussitôt notre mariage, car c'est dans cette petite plage, quasi-bretonne, que nous nous sommes connus.

— Alors, vous y retournez tous les ans ?

— Oui, et ce m'est très doux de revivre un peu là bas, mes années de jeunesse !

Elle avait dit cela avec une telle nuance de regret que Jean surpris hasarda :

— ... Dont le souvenir vous rend meilleurs les jours présents ?

Elle hésita, puis murmura un oui, qui semblait la négation de son affirmation.

Un nouveau silence suivit. On eut dit que soudain

un voile funèbre venait de descendre sur leurs deux esprits.

Jean pressentait que la jeune femme n'était pas heureuse. Elle, qu'il eut mise, sur un autel et adorée comme une divinité !

Et avec un trouble étrange de tout lui-même, il aspirait le suave parfum de violette qui flottait dans la pièce, ce fluide embaumé qui émanait d'elle et venait vers lui.

Leur silence fut plus éloquent que leurs paroles ; quand ils essayèrent de le rompre, lui avait compris toute la détresse de cette âme de femme, elle tout le dévouement enthousiaste de ce cœur d'artiste...

Quelques instants plus tard, les *Algues*, chantées par la voix suave de la jeune femme achevaient de captiver pour jamais le cœur du jeune homme.

Quand il la quitta, qu'il se retrouva seul dans la rue, au milieu des passants affairés, il leva les yeux vers le ciel obscurci par la nuit et murmura :

— Elle !...

Mettant tout son cœur dans ce mot.

Une étoile venait de se lever sur la route stérile de sa jeunesse, et ébloui par son rayonnement, Jean devait la suivre jusqu'à la déloyauté et même jusqu'au crime d'une passion adultère...

III

JEAN ODIN

Jean Odin, comme il l'avait dit à Mme de Chevrey

était né à Benouville, un petit village situé entre Caen et la mer.

Ses parents étaient de braves cultivateurs dont la maison, un jardin, un pré et deux vaches composaient toute la fortune.

Avec les jeunes garçons de son âge, il avait suivi les classes communales et les exercices religieux.

L'instituteur et le curé avaient vite remarqué cet enfant dont l'intelligence s'annonçait supérieure. L'instituteur lui avait appris les règles de la prosodie et le prêtre celles de la musique : ces deux harmonies qui chantaient déjà au fond de son jeune cœur.

A douze ans, son certificat d'études obtenu, ses parents résolurent de le garder près d'eux et de lui apprendre à cultiver la terre. Jean confia son désespoir à ses deux amis et, d'un commun accord, le curé et l'instituteur vinrent trouver le père et la mère Odin.

— Vous devriez lui faire continuer ses études ; car Jean a certainement des dispositions.

—Nenni, avait répondu le père Odin, je n'en veux point faire un déclassé, Jean est né aux champs, il restera aux champs.

— Mais, père Odin, c'est, au contraire, en voulant le garder dans un milieu qui ne lui convient pas, que vous en ferez le déclassé que vous redoutez. Jean rêvera au lieu de conduire la charrue et rimera au lieu de moissonner. Vous savez bien que chaque plante demande une culture et un terrain particuliers. Et, bien que né ici, Jean n'y doit point demeurer.

— Monsieur le curé a peut-être raison, avait insinué la mère Odin, en voyant avec tristesse, des larmes briller dans les yeux de son fils.

— Alors, vous voulez faire de mon fils un Mossieu? avait questionné le père Odin, l'air bourru. Un Mossieu aux beaux habits et aux mains blanches qui dédaignera ceux du village !

— Père Odin, avait répondu le prêtre, la contrariété vous rend injuste. Jean a du cœur, et il en aura toujours. Voyons, envoyez-le quelques années au lycée de Caen; vous verrez que vous ne vous en repentirez pas.

Et au mois d'Octobre suivant, Jean était parti pour la ville voisine, où ses deux maîtres l'avaient recommandé au proviseur du lycée.

Là, chaque année, Jean moissonna les lauriers ; mais, épris des lettres, il dédaigna les sciences qui brisaient les ailes à son imagination vagabonde.

Après le bachot, ce furent de nouvelles sollicitations près du vieux père, afin de décider celui-ci à laisser son fils partir pour Paris — la ville de perdition, comme il disait.

Enfin, le curé, l'instituteur et la mère Odin gagnèrent la cause de Jean et celui-ci partit pour suivre les cours du Conservatoire.

Mais la pension était maigre. Ce fut la vraie Bohème, qu'aucune Mimi ne vint égayer. Pour vivre, Jean donna des leçons, puis s'étant lié avec des artistes de Montmartre, comme eux, il fit des chansons.

Avec les années, quelques succès étaient venus

ranimer sa foi en l'avenir, et quand Mme de Chevrey fit sa connaissance chacun voyait en lui un artiste d'avenir.

Bien que sentimental — et peut-être à cause de cela — Jean était un chaste. Nature aristocratique, esprit élevé, dédaigneux du vulgaire, il s'était toujours écarté avec horreur de tout ce qui touchait à la prostitution. Acheter l'amour lui semblait un sacrilège. Cependant ici et là son beau front de penseur, sa chevelure d'artiste et ses yeux de tendresse et de rêverie avaient touché quelques Musettes. Elles s'étaient offertes au poète, qui les avait cueillies, puis était passé, dédaigneux du parfum de banalité qui s'émanait d'elles. Ce qu'il cherchait surtout, ce n'était pas la sœur de sa chair, mais la sœur de son âme ; ce qu'il rêvait, c'était surtout la fusion de deux esprits. A vingt-six ans le poète n'avait pas encore donné son cœur.

Il l'avait gardé tout entier pour l'offrir à la *Sirène.*

. . . .

Le lundi suivant Jean retourna chez Mme de Chevrey ; c'était le jour qu'ils avaient arrêté pour la première leçon.

En compagnie de sa mère, Simone attendait le jeune homme.

La fille de Germaine était grande, mince et blonde avec des yeux qui rappelaient par l'éclat de leur nuance, le ciel de mai.

Le teint était pâle, coloré à peine aux pommettes d'une légère teinte rose. A la voir si frêle, si pâle et

si blonde, on croyait avoir la vision de quelque créature
supra-terrestre, d'un de ces purs esprits qui flottent
dans l'éther et qui, parfois, prennent, pour que nous
les percevions, une apparence demi-réelle.

Germaine avait transmis à sa fille un peu de son
âme rêveuse d'artiste ; mais Fabienne Remy, l'institutrice qu'elle lui avait choisie, avait doté son élève
d'une seconde nature, beaucoup plus disciplinée ; et
si la jeune fille était demeurée une utopiste, elle
savait s'intéresser au réel, en s'efforçant de l'élever
le plus possible vers l'idéal.

Ébloui par Mme de Chevrey, Jean, pas plus qu'il
ne l'avait fait le premier soir, ne remarqua la grâce,
la douceur et la beauté de sa jeune élève.

Il était arrivé dans l'espoir de revoir Mme de Chevrey, il donna sa leçon avec l'impatience de se retrouver tout à elle, de reprendre avec la jeune femme
une causerie d'intimité comme celle de l'autre soir.

Depuis qu'il avait vu pour la première fois la femme du banquier, son souvenir ne l'avait pas quitté ;
mais pas une fois, il n'avait songé à analyser ce sentiment qui l'accaparait tout entier. Il n'avait pas vu
que l'Amitié qu'il rêvait avait déjà les ailes de
l'Amour !

Certes, il eût aimé associer cette chair à sa chair,
comme il associait cette âme à son âme. Mais Germaine n'était pas libre ! Et quelle douleur qu'il en
ressentit, il saurait respecter cette femme ; ayant la
conviction que, malgré tout, elle lui appartiendrait
complète, en la communion de leurs âmes.

Quand la leçon fut finie, au grand désappointe-
ment de Jean, Mme de Chevrey prit congé.

— Je suis forcée de vous quitter, Monsieur Odin,
des visites que je ne puis remettre, une série d'heures
stupides où l'on cause par force, où les minutes sem-
blent interminables. Le Monde est mon ennemi ; mais
un ennemi avec lequel je suis forcée d'être courtoise,
puisque la situation de mon mari en dépend. — Je
vous laisse à Simone ; faites plus ample connaissance avec votre élève. — Jeudi de 5 à 7 je serai chez
moi, comme la semaine dernière.

Et elle était partie ne paraissant pas se douter de
l'immense déconvenue du jeune homme.

Avec sa grâce charmante, Simone remplit ses
devoirs de maîtresse de maison.

Fabienne, que Mme de Chevrey avait prévenue,
trouva les deux jeunes gens engagés dans une ami-
cale causerie.

Simone était charmée de l'attention que son jeune
professeur apportait à sa conversation. Elle ne se
doutait pas que chacune de ses paroles ajoutait une
nuance plus précise à l'image adorée que Jean por-
tait dans son cœur.

Et Simone parlait de son enfance, de sa jeunesse,
de la villa *Germaine*.

— Oh ! là-bas, à Cayeux, nous sommes les rois
du pays ! Notre villa est la seule maison importante
de l'endroit.

La plage est pauvre, dédaignée par les étrangers

riches ; mais moi je m'y plais beaucoup. On y rêve avec tant de liberté !

— C'est là, je crois, que M. de Chevrey fit la connaissance de Madame votre mère?

— Oui ; les parents de maman possédaient là une vieille maison où ils venaient chaque année passer le mois d'août. M. de Chevrey, las de la vie mondaine, et conduit sans doute par le Destin, une année s'y égara pour quelques jours. Il remarqua ma mère et fut ébloui par sa beauté. Profitant de la liberté toute américaine des villégiatures, il lui parla et, conquis, demeura à Cayeux le reste du mois.

La veille du retour, il vint demander à mon grand père la main de sa fille. Mon père était riche, ma mère n'avait rien... mais ils s'aimaient !... Et c'est à l'amour que la villa *Germaine* doit sa création.

Ils s'aimaient !... songeait Jean en rapprochant la ravissante image de Germaine de celle, si vulgaire, de son mari.

Ils s'étaient aimés, mais s'aimaient-ils encore? Il se souvenait du soupir douloureux échappé l'autre soir à la jeune femme, et il se disait que ce verbe pouvait être conjugué au passé mais non plus au présent; qu'ils ne s'aimaient pas maintenant.

Cependant, ces mots *ils s'aimaient* le hantèrent, devinrent son obsession.

Pauvre Jean dont le rêve d'amitié était déjà troublé par la jalousie de l'amant !

Il laissa Simone charmée de l'amabilité affectueuse

de son jeune professeur, et se dirigea vers la rue
Miromesnil où habitait Philippe Marceau.

— Il doit savoir, lui, se disait-il.

Il trouva le jeune homme occupé à consulter un
énorme dossier.

Depuis la soirée de Mme de Séné, ils ne s'étaient
pas revus.

— Eh bien, comment va ? dit le jeune avocat en
tendant la main à son ami.

— Mais, bien, je te remercie. Tu as servi ma cause
l'autre soir en me présentant à Mme de Chevrey.

— Ah ! vraiment ? Quelle cause ? Celle de la bourse
ou celle du cœur ?

— Les deux, Philippe, répondit Jean en riant.

— Alors tu es content ?

— Enchanté.

— Tant mieux ; mais puis-je avoir un peu plus de
détails sur les grands faits accomplis, grâce à moi,
dis-tu.

— Je donne des leçons à Mlle Simone, vingt francs
le cachet, deux la semaine. C'est joli, comme tu le
vois. De plus, j'ai trouvé en Mme de Chevrey la merveilleuse interprète que je rêvais... Grâce à elle, *les
Algues* auront le succès que je désirais pour elles.

— Je m'en réjouis et je m'en effraie tout à la fois.

— Pourquoi ?

— Parce que Jean est un rêveur, disposé à prendre
des chimères pour des réalités...

— Ah ! tu sais, trêve aux sermons, interrompit le
jeune homme. Tu es avocat et non capucin.

— Avant tout, je suis ton ami, Jean !

— Je t'en remercie, mais encore quelque rêveur que je sois, je sais ce que je fais et ne prendrai jamais le Chimérique pour le Réel.

— Tu le prends déjà. La femme qui hante tes rêves est une fiction qui s'éloigne complètement de la réalité.

— Qu'en sais-tu ?

— Mme de Chevrey est une névrosée, rien de plus. Tout est cerveau, imagination chez cette femme. C'est une égoïste, très occupée de son moi et qui en toute chose ne pensera qu'à son bonheur, sans le trouver nulle part, car le Bonheur est l'ennemi des gens de sa race : qui ne sait pas aimer, ne sait pas être heureux. Le Bonheur réside beaucoup plus dans la tendresse que l'on donne, que dans celle que l'on reçoit.

— Mais mon cher ami, interrompit Jean très froid, tu t'égares. Je ne sais pourquoi tu parles d'amour et de cœur, quand il ne s'agit que d'une simple question d'art. Mme de Chevrey est une incomparable artiste ; refuseras-tu de le reconnaître ?

— Non ! mais l'artiste est incarnée dans la femme, et la femme est dangereuse.

— Que m'importe ! fit Jean impatienté, pourvu qu'elle possède cette voix merveilleuse qui fait mon admiration.

— Et ton adoration !

— Décidément, Philippe, tais-toi où je m'en vais,

— N'es-tu pas venu pour me parler d'elle, ou entendre parler d'elle ?

— C'est vrai.

— Alors écoute : — Mme de Chevrey a trente-six
ans, tu dois le savoir, car sa coquetterie ne lui fait
cacher son âge à personne. Depuis dix-sept ans elle
est mariée au banquier de Chevrey qui l'épousa par
amour. Son père était un modeste employé de Rouen.
Si Chevrey fit un mariage d'amour, Germaine fit un
mariage d'argent...

Jean respira.

Philippe continua :

— Jamais elle n'a dû aimer cet homme, cependant, jamais, jusqu'ici, elle n'a donné prise à la cri-
tique ; on ne lui connaît pas d'amants. M. de Chevrey,
nature très sensuelle, depuis plusieurs années, dé-
laisse sa femme, qui ne le comprend pas et qu'il sent
n'avoir pas comprise. Et Mme de Chevrey paraît
s'être renfermée dans les rêves de son imagination
vagabonde. Mais je devine que cette femme, en face
de l'automne qui approche, de ce soir de la vie où
les regrets s'éveillent devant les espoirs déçus, vou-
dra se ressaisir, ne pas dire le dernier adieu à ses
rêves sans avoir tenté de les réaliser. La sirène
cherche une proie. Prends garde !

— Et quand cela serait ? quand cette femme cher-
cherait l'amant idéal qui saurait apaiser la soif de
son cœur, tout en la gardant pure ; où serait le mal ?

— Jean, le gouffre est au bas de la pente où tu
veux t'aventurer. On n'aime pas une femme comme

tu aimes déjà Mme de Chevrey sans vouloir la posséder toute. Tu l'aimeras avec trop de sincérité pour admettre un partage qui aujourd'hui rassure ta loyauté. Après le cœur, la chair; après l'âme, les sens! Les lois d'amour sont les mêmes pour tous; je ne crois pas à la durée des amours platoniques.

— Mais rien ne te dit que Mme de Chevrey veuille m'aimer!

— N'as-tu pas tous les atouts dans ton jeu : la jeunesse, la beauté, le talent et l'amour; que te manque-t-il? D'ailleurs, M. de Chevrey n'est jaloux que de sa maîtresse.

— Mme de Chevrey est une honnête femme.

— Honnête femme; peuh! Elle est incapable de discuter avec sa conscience; elle n'en a pas.

— Philippe, je ne te permettrai pas...

— C'est bien, je me tais. Deux amis *comme nous*, ne vont pas se brouiller pour une femme *comme elle*. Suis ta destinée et parlons d'autre chose.

Mais Jean froissé répondit :

— Non; il faut que je te quitte. Je suis pressé.

Quand l'artiste fut parti, Philippe, un instant, demeura rêveur.

— Il est pressé?... d'aller rêver à elle, sans doute! Pauvre Jean, il l'aime déjà comme un fou !

IV

L'AVEU

Il y avait six semaines que Jean avait fait la con-

naissance de Mme de Chevrey. Deux fois par semaine, le lundi et le samedi, il donnait une leçon à
Simone, et le jeudi il venait passer près de la jeune
femme les heures d'intimité que celle-ci avait toujours su lui réserver.

Jean était devenu l'intime de la maison.

Plusieurs fois, il s'était rencontré avec M. de Chevrey et, par une sympathie soudaine et inexplicable
chez cette nature vulgaire, celui-ci s'était attaché au
jeune artiste.

Le jeudi, devançant l'heure, le banquier quittait
souvent ses bureaux situés au rez-de-chaussée et venait interrompre les amicales causeries du visiteur et
de sa femme.

Quand celui-ci se levait pour partir, M. de Chevrey
presque invariablement lui disait :

— Restez à dîner avec nous, M. Jean.

Jean, gêné dans sa fierté, hésitait d'abord, mais
un regard de Germaine le décidait à rester.

...Ce soir-là, comme chaque jeudi, il avait dîné rue
Lafayette. Il était neuf heures, M. de Chevrey se disposait à sortir, et Jean allait prendre congé, quand
le banquier l'arrêta.

— Mais non, restez un peu avec Mme de Chevrey.
Simone est souffrante, elle va se retirer. Grâce à
vous, ma femme ne passera pas une soirée de solitude.

Et Jean était demeuré.

On fit un peu de musique; mais Mme de Chevrey
paraissait mélancolique, son clair regard était as-

sombri et ses lèvres semblaient fermées sur des paroles douloureuses.

Quand sa fille fut partie, la jeune femme ferma brusquement la partition ouverte sur le piano et, se laissant tomber sur le canapé avec lassitude, elle murmura :

— Je n'ai pas le cœur à chanter !

— Vous souffrez ? questionna Jean, la voix tremblante, l'âme soudain en émoi.

Germaine fit un signe affirmatif et les yeux fermés appuya sa tête aux coussins du dossier.

Jean de plus en plus ému se rapprocha d'elle, prit ses mains et les serrant dans les siennes :

— Voyons, dites-moi, où souffrez-vous ?

Mme de Chevrey ne répondit pas ; mais deux larmes coulèrent sur ses joues.

Elles achevèrent de bouleverser le jeune homme :

— Mon amie ! murmura-t-il de sa voix profonde où se révélait toute son adoration.

Et il baisa les mains qu'il serrait dans les siennes.

Sous ce baiser, Mme de Chevrey ouvrit les yeux.

— Oh ! oui, je souffre ! soupira-t-elle.

— Mais, pourquoi ? interrogea Jean avidement.

La jeune femme se redressa et regardant tragiquement le jeune homme :

— Pourquoi ? répéta-t-elle ; mais vous ne savez donc pas qu'à cette heure mon mari me trahit ! Vous ne vous apercevez donc pas que je meurs de l'abandon dans lequel il me laisse !... Si j'avais voulu le suivre tout à l'heure, je les eusse surpris tous les deux !...

Et la jeune femme éclata en sanglots.

Jean, prêt à pleurer lui-même, s'assit près d'elle, sur le canapé. Oubliant toute retenue, devant cette douleur, il passa son bras autour du cou de Germaine, attira sa tête sur son épaule et la berça comme une enfant, en lui murmurant des mots très doux :

— Ne pleurez pas, mon amie ; si vous saviez comme je comprends, comme je partage votre souffrance ; comme vos larmes me font du mal !

Mais plus il parlait, plus les sanglots de Mme de Chevrey redoublaient.

— Pourquoi me dédaigne-t-il ainsi ? répétait-elle. Cependant ne suis-je pas digne d'être aimée ? Ah ! être seule ! toute seule !

— Mais non, vous n'êtes pas seule mon amie. N'avez-vous pas votre fille, et n'avez-vous pas, en moi — si j'ose me nommer — le plus respectueux, le plus dévoué de vos amis.

Et il s'agenouilla aux pieds de la jeune femme.

Celle-ci abaissa sur lui ses yeux mouillés de larmes.

— C'est vrai, dit-elle, que vous êtes mon ami ? que mon âme ne s'est pas trompée en allant à la vôtre ? que vous me comprenez, que vous m'aiderez à porter le fardeau de mes chagrins ?

Et Jean de lui répondre d'un grand élan vers elle :

— Pour vous rendre heureuse, Germaine, je vous donnerais ma vie !

A travers ses pleurs, Mme de Chevrey sourit. Elle

prit dans ses mains le front brûlant du jeune homme, et l'effleura de ses lèvres.

— Comme je voudrais que vous fussiez mon frère ! murmura-t-elle.

Puis le relevant, elle le força à reprendre sa place près d'elle, sur le canapé !

— Je le serai si vous le voulez, Madame, continua-t-il. Mieux que par les liens du sang, nos cœurs ne sont-ils pas unis ? La sympathie des âmes n'est-ce pas davantage que la fraternité des chairs ? Je vous aime, Germaine, au point d'anéantir tous les désirs de la matière, de vous aimer uniquement avec le cœur... comme vous voulez, comme vous méritez d'être aimée !

Mme de Chevrey murmura languissamment :

— Oh ! comme ce sera doux de m'abandonner ainsi à votre tendresse !

Puis se serrant frileusement contre lui, se blotissant pour ainsi dire dans les bras du jeune homme :

— Oh oui, Jean, aimez-moi de toute votre âme !

Ils ne se parlèrent plus ; ils demeurèrent l'un près de l'autre, perdus dans le rêve, dans une béatitude dont la sensualité était encore exclue.

...Quand les onze coups de l'heure les rappelèrent à la réalité, tous deux eurent le même sursaut.

— Déjà !

Et Jean d'ajouter très bas, en serrant Germaine contre lui.

— Oh ! l'éternité ainsi !...

Paraissant s'éveiller d'un songe, la jeune femme le repoussa :

— Pourquoi ai-je eu ce déchirement? murmura-t-elle. Jamais, comme ce soir, je ne me suis abandonnée à ma douleur ! Oh ! mon ami, comme votre présence m'a fait du mal ! Avant de vous connaître, j'étais raisonnable, je suivais ma route indifférente aux appels du bonheur, sourde aux regrets de mes rêves déçus ; mais en vous voyant, j'ai compris ce qui aurait pu être, et dans mon désespoir, ce soir, je vous ai livré mon secret. Oubliez-le.

Jean attristé lui prit les mains :

— Germaine, vous repentez-vous donc de la confiance que vous m'avez témoignée. Vous repentez-vous du titre de frère que vous m'avez donné ?

Elle hésita un instant, puis tendant ses deux mains au jeune homme :

— Jean, j'ai peur d'être trop heureuse ; l'amitié ne doit pas contenir des joies pareilles à la mienne... Je crois que c'est d'amour que je vous aime !...

Et ses lèvres se joignirent à celles du jeune homme.

Le bruit de la porte cochère qui se refermait les sépara brusquement.

— Bonne nuit, Monsieur Jean, dit la voix calme de Mme de Chevrey.

Trop ému pour répondre, Jean s'inclina et sortit.

Dans l'escalier, il rencontra M. de Chevrey qui lui tendit la main.

— Eh bien, poète, vous êtes-vous bien grisé de musique ?

— Oui, je vous remercie.

Le banquier s'éloigna, tandis que le cœur de Jean se serrait atrocement.

...A cette heure, Simone se réveillait. Fabienne était à son chevet. L'institutrice inquiète de la violence de la migraine qui avait terrassé, ce soir là, la jeune fille, avait résolu de la veiller une partie de la nuit.

Mais Simone répondit par un sourire à la demande inquiète de la gouvernante.

— Fabienne, dit-elle, vous ne vous doutez pas du beau rêve que je viens de faire.

— Vraiment ?

— Oui, je rêvais que la maison était remplie de fleurs, que j'étais en toilette blanche, et qu'au bras de mon fiancé, je me promenais au milieu des pièces ainsi décorées.

— Et qui était votre fiancé ?

— Devinez, Fabienne, ce n'est pas très difficile, mon rêve ne s'éloignait pas beaucoup de la réalité.

— Je ne sais, en vérité... .

— Voyons, cherchez : comme dans les contes de fées, il est beau, intelligent, aimable ; ... papa et maman l'aiment beaucoup... il fréquente assidûment la maison... et pas plus tard que ce soir...

— M. Odin ? questionna l'institutrice froidement.

— Vous avez deviné, Fabienne.

— Cela m'étonne, car vous m'aviez dit que votre rêve n'était pas éloigné de la réalité.

— Eh bien, ne croyez-vous pas...

— Que M. Odin veuille vous épouser? Je n'en sais rien, Simone; bien qu'il me semble que sa façon d'être avec vous soit plus fraternelle qu'amoureuse; mais que vos parents l'acceptent; je puis affirmer le contraire.

— Pourquoi?

— Monsieur Odin est un simple professeur de musique.

— Un artiste, un compositeur.

— Il n'a pas de fortune.

— Il a mon amour!

— C'est vrai? Simone, interrogea Fabienne infiniment triste.

— C'est vrai, Fabienne. Ne trouvez-vous pas que j'ai raison?

— Vous auriez raison : si l'un et l'autre vous vous aimiez; vous avez tort, si vous êtes seule à aimer. Simone, je vous croyais plus sage.

— Oh! la sagesse dans les questions d'amour!...

— Simone, je pensais vous avoir appris que la raison devait toujours commander au cœur, car les impulsions de celui-ci allaient plus souvent vers la douleur et vers le mal, que vers la joie et la bonté.

— Oh! misanthrope vilaine! railla Simone en embrassant son amie.

Mais celle-ci demeura froide.

— Simone, je croyais vous avoir fait un peu ma fille. Me suis-je donc trompée ?

— Mais non, petite maman chérie.

— Eh bien, Simone, promettez-moi, au lieu de vous abandonner aux caprices de votre imagination, aux débordements de votre tendresse, de réagir, d'endiguer, pour ainsi dire, l'amour qui vit en vous. Dites-vous que vous seriez heureuse d'être la femme de M. Odin, mais que, probablement, la destinée ne vous réunira jamais. Donnez-lui plus d'estime que de tendresse. Efforcez-vous de l'aimer un peu comme un frère, afin de ne pas pleurer un jour, les larmes terribles des amours déçues.

Devant cette froideur, l'enthousiasme de la jeune fille était tombé.

— Fabienne, dit-elle, je vous promets de suivre vos conseils, car votre cœur est pour moi le meilleur des guides. Jusqu'ici je me suis complue dans mes rêves d'amour ; maintenant je réagirai, je tâcherai de redevenir une petite personne très sage, comme doit l'être votre élève... Allez vous reposer, amie ; moi, je vais me rendormir.

Et souriante, Simone ferma les yeux.

V

SCRUPULES

Dans le cabinet du jeune avocat, les deux amis

causaient. Après une nuit de fièvre pendant laquelle son amour et sa conscience avaient livré un rude combat, Jean était venu chez Philippe.

— Un avocat est une sorte de confesseur, s'était dit le jeune homme; je puis me confier à lui, sans crainte.

En voyant entrer son ami, les traits tirés, les yeux brillants de fièvre, Philippe avait compris tout de suite que quelque chose s'était passé, qui avait bouleversé l'esprit du jeune homme.

— Eh bien, Jean, qu'y a-t-il? avait questionné le jeune avocat.

— J'ai besoin d'un conseil, d'un appui.

— Tu ne pouvais mieux faire que de t'adresser à mon amitié.

— D'autant plus qu'il m'a été donné de juger de sa clairvoyance... Ah! mon ami, je suis bien malheureux!

— Allons, dis-moi tout, dit Philippe qui redoutait des choses graves.

Jean lui fit le récit de la soirée de la veille.

— Et c'est pour cela que tu es si bouleversé? interrogea son auditeur déçu.

— Oui, car j'ai conscience maintenant du danger, Je glisse dans un abîme, où je laisserai ma loyauté.

Et sur un signe de l'avocat:

— Oui, reprit Jean, je puis sembler bien démodé; car je ne suis pas à la hauteur de notre siècle d'anarchie morale, qui fait de l'Honneur une question d'Orgueil! A moi encore, mon honneur est demeuré une

chose sacrée, et l'honneur des autres me semble
digne de respect autant que le mien. Or, Mme de
Chevrey est mariée, et je suis l'ami du mari ! Lui-
même m'a conduit chez lui, et c'est loyalement qu'il
me tend la main. Je suis son obligé ; je ne puis le
trahir.

— Si ce n'est toi, ce sera un autre !

— Ce n'est pas vrai !

— Quelle présomption, mon cher !

— Ce n'est pas mon orgueil que je flatte, c'est
l'honneur de Mme de Chevrey que je défends.

— Défends-le donc aussi contre ton cœur.

— C'est ce que je veux faire ; d'ailleurs je ne comprends pas l'amour qui partage ; si elle m'appartenait, ce serait tout entière que je la voudrais.

— Bravo ; mais comme pareil rêve ne peut se réaliser, fuis-là. Voilà le printemps revenu, la campagne
est belle ; va faire un tour au pays. Va revoir ton
vieux père, tes chers maîtres ; mieux que tout autre,
ceux-là t'enseigneront le chemin de l'honneur.

— Tu as raison ; mais je ne puis abandonner mes
leçons.

— Alors, ne retourne plus chez Mme de Chevrey.

— Je ne m'en sens pas le courage. Il me semble
que je préférerais la solitude du tombeau, à celle de
la vie sans elle.

— Et cependant...

— Oui, je sais l'Honneur et la Souffrance d'un côté,
l'Amour et le Crime de l'autre.

Et Jean pressait son front dans ses mains, tentant

d'arrêter la tempête qui se déchaînait dans son cerveau.

Philippe eut pitié de la douleur du jeune homme.

Il se rapprocha, lui prit la main.

— Voyons sois fort. Tu es homme ; c'est à toi d'agir, et de ne pas attirer cette femme dans une situation inextricable. A la voix de l'honneur, la voix de l'amour doit s'unir. Cette femme est épouse et mère ; double titre sacré. Ne la revois pas. Trompe l'absence en lui écrivant, si tu veux ; que vos âmes continuent à communiquer, mais que vos corps soient dans l'impossibilité de s'unir, endormez la voix de la chair.

— Tu as raison, dit Jean ; je vais tenter de ce moyen.

Quand il quitta son ami, le jeune homme était plus calme. Il rentra chez lui se mit à son bureau et écrivit :

« Ma chère, ma tendre amie,

« Je sors d'une lutte terrible entre ma conscience et mon amour, car moi aussi, je vous aime ; je vous aime d'amour et nos âmes d'un même élan sont allées au devant l'une de l'autre et ont communié dans ce baiser d'amants qui a déchaîné sur ma tête la terrible malédiction de parjure à l'amitié.

« O mon amie, trop tendre, trop belle pour n'être pas une amante, vous dont la beauté rayonnera toujours sur ma vie, êtes-vous donc destinée à être la divinité cachée, qui ne se révèlera qu'une heure, à son humble adorateur, et sur qui se refermera à tout jamais, les portes qui séparent l'humain du divin !

« Il me semble aller au devant de vos désirs, de votre volonté de femme honnête, en m'écartant à tout jamais de votre vie, en me refusant à semer sur votre route aride, les roses de l'amour, puisqu'elles cacheraient la fange de l'adultère.

« Que n'êtes-vous libre, que n'ai-je un foyer à vous offrir, nous irions nous aimer ailleurs, bien loin, complètement l'un à l'autre ; car ce qui me répugne, c'est la trahison, c'est la vie de mensonges, de mystères qui serait la nôtre, qui abaisserait notre amour à la banalité d'une intrigue courante.

« Mon amour m'est trop cher pour vouloir le profaner ainsi. Je le mets au-dessus de tout et c'est pour cela que je le veux affranchi de tout lien.

« Mais, ce rêve est impossible, nous ne sommes libres ni l'un ni l'autre ; ici vous êtes retenue par l'affection, moi par le travail.

« Adieu donc notre rêve ; mais non adieu notre amour, car rien ne pourra détruire l'adoration que mon cœur a pour vous.

« De loin, comme de près, je suis vôtre, aimée. — Je t'aime !

« JEAN ».

Cette lettre envoyée, le jeune homme se retrouva plus calme. Comme il n'avait pas de leçons ce jour là, il se mit à travailler.

Il rechercha dans ses souvenirs des vers qui puissent s'harmoniser avec l'état actuel de son âme.

Il les trouva chez Victor Hugo :

. . . .

> Puisqu'à l'heure où l'on boit l'extase
> On sent la douleur déborder ;
> Puisque la vie est comme un vase
> Qu'on ne peut emplir ni vider ;
>
> Puisque le cadran quand il sonne
> Ne nous promet rien pour demain,
> Puisqu'on ne connaît plus personne
> De ceux qui vont dans le chemin ;
>
> Mets ton esprit hors de ce monde !
> Mets ton âme ailleurs qu'ici-bas !
> Ta perle n'est pas dans notre onde !
> Ton sentier n'est point sous nos pas !
>
> . . . .
>
> Plane au-dessus des autres femmes,
> Et laisse errer tes yeux si beaux
> Entre le ciel où sont les âmes
> Et la terre où sont les tombeaux.

Il se promit d'en composer la musique et de l'envoyer à Germaine, afin qu'elle chantât ces vers aux heures de solitude.

Sa tristesse, s'était changée en une calme mélancolie. La pensée que bientôt Mme de Chevrey allait recevoir son aveu et son adieu lui causait une douce satisfaction.

Au lendemain, il eut la réponse, hautaine et sévère :

« Jean, votre lettre m'a fait pitié. L'amour qui raisonne comme le vôtre est-il de l'amour ? Qui donc doit avoir peur ? est-ce vous ou moi ? Je suis épouse ; M. de Chevrey l'est-il moins que moi, et suis-je deshonorée parce qu'il a une maîtresse ? Pourquoi le serait-il parce que j'aurais un amant ? Il n'y a pas de déshonneur à obéir à tout sentiment sincère. Est-ce ma faute si, abandonnée comme je le suis, mon cœur s'est attaché à vous ? Vraiment — si vol, il y a — le voleur a raison qui prend le trésor que dédaigne le propriétaire.

« Oh ! Jean, comme mon honnêteté est au-dessus de toutes ces mesquineries ! L'homme et la femme doivent être égaux devant la conscience et devant le devoir.

« Quant à fuir avec vous, Jean, vous n'y pensez pas ; ce serait briser le cœur de ma fille et aussi son avenir. Et puis, que ferions-nous tous deux sans fortune, à errer par le monde comme des proscrits ?

« Jean, vous ne savez pas aimer ; Jean, vous ne m'aimez pas !

« GERMAINE ».

Jean répondit aussitôt :

« Moi, ne pas t'aimer ! ô Germaine, quel blasphème ! C'est votre raisonnement qui fait l'amour esclave : esclave de la famille, de la situation, du monde ! C'est vous qui me proposez l'amour de honte et de mensonge qu'est l'adultère, au lieu de cet amour libre que seul je respecte et je comprends ! Vous voulez le partage ; moi, je ne puis l'accepter.

« Je vous veux à moi tout entière ; je serais jaloux de tous les instants que vous passeriez loin de moi ; de ce nom que vous porteriez et qui ne serait pas le mien, de cet homme dont malgré tout, vous demeureriez la femme ! Quand on aime, comme je t'aime, Germaine, on est terriblement jaloux !...

« Comprenez-le, mon amie, je vous ai aimée, loyale, je veux vous garder telle. Je ne veux pas que mon amour vous abaisse. Méditez ces lignes d'un grand écrivain, profond philosophe, (George Sand) et qui me reviennent en mémoire : « Nulle créature humaine ne peut commander à l'amour et nul n'est coupable pour le ressentir et pour le perdre. Ce qui avilit la femme, c'est le mensonge. Ce qui constitue l'adultère ce n'est pas l'heure qu'elle accorde à son amant, c'est la nuit qu'elle va passer ensuite dans les bras de son mari. »

« Germaine, venez avec moi. Partons. Je saurai gagner le pain nécessaire à votre vie, et nous serons libres ! Aimer librement, a dit le poète, c'est ne plus distinguer la beauté qui se change en amour, de l'amour qui se change en beauté. Aimer librement, ce n'est plus pouvoir dire où finit le rayon d'une étoile et où commence le baiser d'une pensée commune. »

« Germaine, si tu m'aimes, fuis avec moi :

« JEAN. »

Pendant cinq jours, le jeune homme ne reçut de Mme de Chevrey aucune nouvelle.

Dans un état de fièvre constante et d'inquiétude horrible, il tâcha de s'étourdir. Chaque soir il allait au concert ou au théâtre, et de retour, il lui écrivait de longues épitres brûlantes ou désespérées; puis, avec impatience il attendait l'heure du courrier.

Quand celle-ci était passée, il retombait dans une morne torpeur.

Ce jour-là, plus que jamais, la tristesse l'étreignait. La tête dans ses mains, les coudes appuyés sur la table, il rêvait dans le petit salon du modeste logement qu'il occupait avenue Trudaine, quand un coup de sonnette le fit tressaillir.

En proie à une folle espérance, il courut ouvrir:

— Vous !

— Oui, moi !

Germaine était là, toute rose de son audace, sous le bandeau de sa voilette relevée.

Fou de joie, le jeune homme l'étreignit et l'emporta jusqu'au petit salon où il la déposa sur le canapé; puis, s'agenouillant devant elle et la regardant dévotieusement comme une madone, il murmura :

— Germaine, merci ! Vous consentez donc ? Oh ! mon aimée, mon adorée, je crois que je vais mourir de joie.

Mme de Chevrey était beaucoup plus calme que son amant.

— Je consens, dit-elle lentement, non au rêve fou que vous m'avez communiqué, mais au rêve d'amour que mon cœur a fait. Je suis mère, je suis épouse ; je le resterai, — amante, je vais le devenir... car je viens pour me donner !

Et ses lèvres ardentes se collèrent à celles du jeune homme.

Affolé par cette caresse, Jean eut un cri de fauve :

— Soit ! épouse et mère, peu m'importe pourvu que tu sois mienne.

Et il l'emporta vers le fond de l'appartement.

. . . .

Presque malgré lui, Jean était devenu l'amant de celle qui voulait rester Mme de Chevrey.

Cependant, quand vint l'heure du départ, tandis que Germaine attachait devant la glace, la dentelle épaisse qui voilait son visage, il eut une révolte.

— Reste, lui dit-il, reste au nom de notre amour.

— Je ne le puis, répondit-elle.

— Germaine, je souffre horriblement à la pensée que tu vas retourner près de mon rival.

— Il n'est pas ton rival, puisque je te préfère.

— Les heures d'absence vont me sembler des siècles ; désormais je ne vivrai qu'aux heures où je te verrai.

— C'est pourquoi, il faudra multiplier les occasions de nous voir. Demain, tu reprendras tes leçons.

— Y songes-tu ? Non, je ne veux pas retourner chez toi, je ne veux plus revoir ton mari et ta fille.

Mme de Chevrey regarda son amant et une expression d'ironique pitié passa sur son beau visage.

— Souviens-toi que les Don Juan sont des hommes

sans préjugé, c'est pourquoi ils sont aimés des femmes.

— Germaine, ce que tu me proposes là est infâme...

— Et venir chez toi ?... Tiens, mon pauvre Jean, avec tes scrupules, tu ressembles à un séminariste laïque.

Froissé, Jean répondit :

— Germaine, j'irai demain chez toi. Je t'aime ; dispose de moi.

... Le lendemain, il retrouvait sa maîtresse dans le boudoir de Simone.

Lorsqu'elle aperçut le jeune professeur, la jeune fille eut un rayonnant sourire, elle lui tendit la main et demanda affectueuse :

— Vous allez mieux ? M. Jean. J'en suis très heureuse, ici nous avons tous été bien inquiets.

Jean la remercia et serra amicalement la main qu'elle lui tendait.

En face de cette enfant, il se sentait coupable et, pris de pitié, il se fit plus doux, plus amical. La jeune fille en ressentit une joie profonde, tandis que se fortifiait en elle la voix de l'espérance.

VI

PREMIERS NUAGES.

L'amour de Jean pour Germaine dès le début, s'annonça comme un douloureux calvaire. Chez le jeune

homme, ce sentiment était trop exclusif pour qu'il
pusse s'incliner docilement devant les préjugés, respecter le liens familiaux et sociaux. Il était tout à
Germaine, il eût voulu qu'elle fût toute à lui, mais en
attendant la réalisation de ce rêve qu'il espérait, il
lui immolait sa fierté, sa loyauté, son génie. Comme
il le lui avait dit, il ne vivait qu'aux heures où il était
près d'elle ; le reste du temps, il traînait sa misérable
existence, incapable d'un travail sérieux. Il avait dé-
laissé les œuvres de longue haleine qu'il avait entre-
prises et qui jadis lui faisaient rêver la gloire ; il
n'écrivait plus que de petits morceaux : mélodies,
rêveries, barcaroles, dont il composait souvent les
vers et qui étaient les échos de ses joies et de ses tortures.

Il négligeait les éditeurs, dédaignait le public, ne
voulait plus travailler que pour elle seule, et quand
la voix mélodieuse de sa maîtresse, le jeudi, chez
elle, lui chantait ses cantilènes, il se trouvait large-
ment payé.

Sans révolte, maintenant, il se rendait chaque lundi
et chaque vendredi près de Simone, le jeudi de cinq
à sept, il allait retrouver dans le salon de Mme de Chevrey l'intimité des premiers soirs et le mercredi, Germaine venait chez lui, dans l'après-midi, pour se
donner entière au culte de l'amour.

La première fois que Jean, depuis la faute, avait
serré la main à M. de Chevrey, il n'avait pu s'empêcher de tressaillir et de pâlir, sous le choc douloureux que son cœur avait ressenti.

Ainsi donc, il avait volé la femme, infligé le pire
des affronts à cet homme dont il était l'ami, et il venait encore, dans sa propre demeure, s'asseoir à sa
table et manger de son pain.

Mais sous l'exaltation de son amour, ces scrupules
disparurent bientôt, et pour se rapprocher encore de
celle qu'il aimait, Jean devint plus que jamais un
habitué de la maison.

M. de Chevrey en paraissait heureux.

Le jeudi, comme autrefois, il arrivait juste à temps
pour retenir le jeune homme à dîner.

... Ce soir-là, après le repas, le banquier les avait
quittés comme d'habitude avec son heureux et con-
fiant sourire.

— La confiance de cet homme est inconcevable, ne
put s'empêcher de remarquer Jean, dont l'humeur
était plus taciturne qu'à l'ordinaire.

— Ou son cynisme très grand, insinua Mme de Chevrey, avec un étrange sourire.

— Crois-tu donc qu'il ferme les yeux volontaire-
ment?

— Je le crois.

— Pourquoi?

— Ta présence rassure ses tête-à-tête avec Hélène
Mérina (¹).

— Quoi, tu connais le nom de sa maîtresse.

— Mais certainement, les amies charitables ne man-
quent jamais pour vous renseigner sur ces choses !

(1) L'*Amour coupable*, même collection.

— Et tu croirais…

— Que M. de Chevrey sait ce qu'il en est, mais qu'il s'en moque.

— Mais alors, c'est infâme !

Mme de Chevrey haussa dédaigneusement les épaules.

— Mon ami, pas de grands mots, il faut avoir de l'indulgence pour les autres quand on en a besoin pour soi-même.

Jean serra les poings.

— Germaine, tu m'insultes ; ma conduite ne présente aucun rapprochement avec celle de ton… de M. de Chevrey. Tu sais bien qu'à moi, il me répugne de partager avec lui ; que j'en souffre ; que j'en meurs.

— Ne croirait-on pas, à t'entendre, que c'est lui qui te vole !

— Oui, c'est lui ; car la femme doit se donner à l'amour ; et l'amour c'est moi qui le représente et non lui !… Vois-tu, Germaine, tu te prostitues à demeurer avec cet homme !

Mme de Chevrey pâlit.

— M. Odin, je crois que vous oubliez à qui vous parlez ; vous me confondez, sans doute, avec celles qui m'ont précédée dans vos amours.

Devant le ton glacial de sa maîtresse, la colère de Jean se fondit en angoisse.

Il prit Germaine dans ses bras et, tentant de baiser ses lèvres.

— Pardonne-moi, lui dit-il, je suis un fou et un malheureux.

Mais la jeune femme demeura hautaine.

— Est-ce donc là le bonheur que vous m'aviez promis ? Vous dites m'adorer ; mais vous oubliez trop souvent que c'est moi l'idole et vous l'adorateur.

— C'est vrai, Germaine, mais si tu savais ce que je souffre ! — Quand tu me quitte après ces heures divines, quand je sais que tu vas le retrouver, *lui*, que tu es son bien, que tu es sa chose, je sens monter en moi une colère qui me pousse à le tuer.

— Tu es fou, Jean.

— Oui, fou ; fou de la jalousie de ne pas t'avoir toute à moi.

Et se rapprochant de la fenêtre ouverte, lui désignant d'un geste l'infini bleu.

— Dis, Maine adorée, ne serait-il pas bon de s'en aller tous deux nous aimer, aussi libres que les hirondelles ? Maine, l'espace est à nous, la liberté nous attend, viens.

— Je ne peux pas.

— Oh ! Germaine, tu crains plus le jugement du monde que celui de ta conscience, et la situation te retient plus que tes devoirs de mère !

— Jean, ce n'est pas à vous de me juger ; vous oubliez trop que si je suis coupable, c'est à cause de vous.

— Oui, Germaine, oui, je le sais. Sois bonne ; mets le comble à ton amour, donne-moi un bonheur si parfait que rien ne pourra l'égaler sur la terre ; viens avec moi. Ton mari est coupable, il te serait

facile de le prouver; demande le divorce; conserve
ta fille et deviens ma femme.

— Non !

— Alors, amie, tu vois que mon raisonnement de
tout à l'heure, ne s'éloignait pas de la vérité. Tu
pourrais allier ton devoir et ton amour, et tu re-
fuses ! Cependant, Maine aimée, près de moi, tu
n'aurais rien à craindre de la pauvreté ; je le jure,
elle ne t'atteindrait pas. Avec toi, Germaine, pour toi,
j'aurais du génie, oui, du génie ! Tout me semble
accessible avec toi ; même les sommets de la gloire !

Il s'exaltait, son pâle visage étincelait dans l'ombre. Dans son enthousiasme, il était d'une beauté
presque surhumaine.

Mme de Chevrey l'admirait, ne reconnaissant plus
son amant dans cet homme à la volonté puissante.

Elle eut un cri d'amour et l'enlaçant de ses bras :

— Tu es beau et je t'aime ! lui murmura-t-elle
dans un baiser.

Et elle tenta de l'attirer sur le canapé en resserrant
son étreinte.

Mais quelque affolé qu'il fût par ces caresses le
jeune homme résista.

Avec une volonté têtue, il répéta :

— Veux-tu être ma femme, Germaine, une femme
qui sera mon amante, ma muse, ma divinité ?

Et comme elle ne répondait pas :

— Je t'en prie ! supplia-t-il dans un sanglot, en se
laissant tomber aux genoux de la jeune femme.

En voyant à ses pieds, pleurant et suppliant, cet

homme qu'elle connaissait si fier, Mme de Chevrey se sentit émue, mais plus de désir que de pitié.

Elle le releva et l'attirant à elle.

— Jean, répéta-t-elle, je t'aime ! Pourquoi n'es-tu pas heureux, puisque tu as tout mon amour ? n'est-il pas le meilleur de moi-même ?

Mais, il répéta dans une révolte.

— Je te veux toute à moi !

Germaine se fit câline, elle espérait ainsi endormir cette volonté tenace.

— Je vais réfléchir, m'amour chéri. Tu veux bien me laisser quelques jours, n'est-ce pas, homme terrible ? D'ailleurs, nous allons bientôt avoir une liberté beaucoup plus grande ; le mois d'août approche comme chaque année, je vais partir en villégiature, et M. de Chevrey, occupé ailleurs, ne viendra que bien rarement. Si tu me promets d'être raisonnable, mon chéri, je vais te faire part d'un plan auquel je songe depuis longtemps et auquel je vais travailler. Ecoute:

Tu passes tes vacances, m'as-tu dit, à Benouville, ton village natal ; moi à Cayeux, ce qui est bien éloigné de toi. Sous prétexte de voir d'autres plages, et de conduire ma fille un peu dans le monde, je vais obtenir de mon mari, la permission de déserter la villa Germaine et d'aller nous fixer à Cabourg ou Deauville. Ainsi, je serai près de toi, et nous pourrons nous voir souvent.

Et, ajouta-t-elle, encore plus tendrement, en mirant ses yeux dans ceux de son amant, pour rendre la raison à mon grand fou aimé, je lui promets de

m'arranger de façon à passer avec lui trois jours entiers...

Cette perspective éclaira soudain la physionomie morose du jeune homme. Il enlaça sa maîtresse et la regardant profondément comme pour lire au fond d'elle-même.

— Vrai, tu ferais cela, Germaine ?

— Oui, Mi, je te le promets.

— Oh! Maine, Maine adorée !

Et il la couvrit de baisers fous...

Mais, quand vint à sonner l'heure de la séparation, le jeune homme eut encore le même cri d'angoisse.

— Oh ! te quitter ! Me retrouver seul ! Mon âme, mon âme, suis-moi !

Germaine se dégagea doucement et déposant un baiser quasi-maternelle sur le front fiévreux du jeune homme :

— M'amour, à demain ; et à toujours !

VII

LES RÊVES DE SIMONE

L'été s'avançait, le grand prix était couru et tout ce qui est libre dans la capitale devenue fournaise, prenait son essor vers des cieux plus cléments.

Germaine mûrissait son idée et s'encourageait à la présenter et à la faire admettre par M. de Chevrey.

Il fallait absolument que cette liberté de deux mois vint calmer un peu la nervosité de Jean.

La passion faisait, chez le jeune homme, des ravages terribles, au physique et au moral, il était méconnaissable.

L'état de fièvre et d'inquiétude dans lequel il vivait constamment, creusait ses joues, cernait ses yeux, donnait à ses regards une expression étrange.

— Une proie guettée par la tuberculose! disait Philippe attristé.

Au moral, son état était voisin de la folie. Il n'avait qu'une pensée qui le hantait comme une obsession: Vivre avec sa maîtresse.

— Qu'est la vie lui disait-il? Une heure si brève dans l'infini! Nous n'avons que cette heure pour nous aimer et nous en gaspillons les précieuses minutes près de gens qui nous sont indifférents. Comment peux-tu vivre tant d'heures loin de moi, quand tu sens qu'avec elles passe notre jeunesse et que chacune nous rapproche du terme qui anéantit tout. Nous n'avons qu'une vie à vivre, Maine, vivons-la dans l'amour.

Avec le manque de sens moral qui caractérisait la jeune femme, celle-ci se dit qu'elle trouverait près de sa fille un appui précieux pour ce changement de villégiature.

Aussi, un après-midi que Germaine et Simone se trouvaient réunies avant l'heure de la leçon, Mme de Chevrey, après avoir caressé la jeune fille, lui dit:

— Voici l'heure des vacances qui approche, Si-

mone ; que dirais-tu si nous abandonnions cette
année notre solitude de Cayeux ?

La jeune fille répondit avec un léger émoi :

— Abandonner Cayeux ! Pourquoi, mère, nous y
sommes si bien !

— Mais, pour voir d'autres plages, et me permettre de te conduire un peu dans le monde. Cayeux
n'est pas le cadre qui convient à une jeune fille de
ton âge.

— Il a bien été le tien, jadis, mère, et il t'a porté
bonheur.

— Oui, mais je n'avais pas ta situation... Et c'est
un vrai hasard que j'aie découvert un mari dans cette
plage déserte.

— C'est donc à la recherche d'un mari pour moi
que tu veux aller, maman ?

— Mon Dieu, pas précisément ; cependant tu es
en âge de me permettre ce rêve de mariage.

— Mais... je pourrais aussi bien trouver un mari à
Paris.

Germaine reprit un peu vivement :

— Que d'objections pour me faire voir que ce
changement ne te plaît pas !

— Mais, maman, ce sera comme tu voudras ; tu le
sais bien.

— Oui, mais je comptais que tu serais mon alliée
près de ton père.

— Si tu le veux, maman.

— D'ailleurs, ce changement aurait un grand
avantage pour toi. J'espérais que nous irions à Ca-

bourg, et dans ce cas, ton professeur de musique
pourrait te continuer ses leçons.

A ces paroles, Simone devint toute rose de plaisir,
tandis que ses yeux brillaient d'une flamme qui
n'échappa pas à Mme de Chevrey.

— On croirait que cela va te faire changer d'avis,
lui dit-elle en riant.

— Je ne le nie pas, répondit la jeune fille. La compagnie de M. Odin m'est très agréable ; et puis j'aime
la musique et je désire vivement devenir aussi bonne
musicienne que tu l'es.

Germaine eut un sourire sceptique.

— Est-ce la musique que tu aimes, ou le professeur ?

A nouveau, les joues de Simone s'empourprèrent ;
mais comme au fond d'elle, la frêle jeune fille était
très brave et très franche, elle se jeta dans les bras
de sa mère en murmurant :

— Eh bien, oui, je te l'avoue, maman, M. Jean me
plaît beaucoup.

A cette révélation, Germaine tressaillit malgré
elle. Mais, elle réagit contre ce commencement
d'émotion et enlaçant câlinement sa fille, elle la fit
asseoir près d'elle :

— Ma petite enfant, je te sais gré d'être si franche
avec moi ; et tu ne pouvais mieux faire que de t'adresser à ta mère, pour avoir un conseil utile. Ton cœur
se trompe étrangement, s'il espère suivre avec
M. Jean, la route de l'amour. Tout s'y oppose : ta
situation, la sienne et le refus certain que ferait ton

père, aux premiers mots de ce projet. M. Jean est un garçon charmant, je le reconnais ; mais il faut savoir se contenter souvent d'être la sœur et l'amie de celui dont on ne peut être l'amante et la femme. Toi qui as tant de confiance en Fabienne lui as-tu confié le secret de ton cœur ?

— Oui, maman.

— Et que t'a-t-elle répondu ?

— La même chose que toi.

— *Tu vois donc*, mon enfant, que tu aurais tort de t'attacher à ce rêve puisqu'il ne doit jamais se réaliser. D'ailleurs, M. Odin ne t'aime pas d'amour ; je puis te l'assurer. Sois donc raisonnable ; Fabienne m'a assuré souvent que ma fille était une personne très intelligente et très sage. C'est le moment de le prouver. Si tu me promets de chasser ce rêve, je te laisserai, sans inquiétude, devenir l'amie et un peu la sœurette de M. Jean ; mais si je te savais assez déraisonnable pour souffrir de cette folie, j'y mettrai fin en te séparant de ton professeur.

Devant cette menace, la jeune fille soudain parut vaillante.

— Oh ! dit-elle d'un air dégagé, je trouvais que M. Odin eût fait un charmant mari ; mais puisque maman me dit que c'est impossible, j'en ferai un frère charmant, et là se bornera mon rêve. Quant à aller à Cabourg, cette année, je me rattache entièrement à cette idée et moi-même la demanderai à mon père.

— Allons, dit Germaine en embrassant sa fille,

Fabienne ne m'avait pas trompée : Tu es la plus docile des filles. Maintenant je te laisse et me sauve faire une visite à Mme de Sené (¹). M. Odin va venir tout à l'heure ; j'espère être de retour avant son départ. Je compte sur ta promesse, Simone.

La jeune femme sortit, sans être autrement bouleversée par l'aveu de sa fille.

Quand Jean arriva quelques instants plus tard, il vit, sur le visage de son élève une animation inaccoutumé, et il s'en réjouit.

Trop souvent, le visage de la jeune fille lui apparaissait triste, ce qui venait augmenter ses remords. Jean aimait profondément Simone. Il déversait sur elle, le trop-plein de son amour pour Mme de Chevrey. Assimilant, dans son esprit, ces deux figures de femme, il ennoblissait Germaine de toute la pureté de sa fille. Et quand sa maîtresse était absente, il passait près de la jeune fille une heure de calme relatif qui apaisait la fièvre qui le dévorait.

— Eh bien, mademoiselle Simone, lui demanda-t-il après avoir serré affectueusement la main qu'elle lui tendait, qu'y a-t-il ? Vous paraissez toute joyeuse aujourd'hui ?

— Mon Dieu, pas précisément. Je suis seulement un peu émue. Nous allons très probablement changer de villégiature cette année.

— Ah ! vraiment ?

— Oui ; mère désire aller en Normandie. Nous allons être vos voisines, M. Odin.

(¹) *Rivales,* même collection.

— C'est vrai ? J'en suis charmé ! Mais est-ce bien
sûr ce que vous me dites-là ? questionna le jeune
homme avec une angoisse qui n'échappa pas à la
jeune fille.

— Mon Dieu, il ne reste plus que papa à décider ;
car moi, je me suis rangée à l'avis de ma mère. Vous
me continuerez vos leçons, monsieur le professeur,

Jean sourit. Il prit les mains de la charmante enfant, les serra dans les siennes, et faisant foin de
ses scrupules, oubliant tout ce qui n'était pas son
amour pour Germaine :

— Oh ! tâchez d'être un bon avocat, mademoiselle
Simone ; car si vous gagniez cette cause, je serais
bien heureux.

Ces paroles ressemblaient à un aveu. Simone contempla un instant le jeune homme dont le visage
s'était subitement éclairé.

— Je ferai tout ce que je pourrai, répondit-elle.
Vous pouvez me considérer comme votre alliée.

Ces paroles dégrisèrent le jeune homme. Son
alliée ! elle, la charmante enfant, dans cette horrible
combinaison d'adultère !

Il eut horreur de lui.

S'écartant de Simone, il dit d'un ton froid :

— Maintenant, commençons la leçon.

. . . .

Ce soir-là, Simone, avant de s'abandonner au sommeil, résolut :

— Maintenant que je sais qu'il m'aime ; rien ne
pourra me détacher de lui !

VIII

IVRESSE

Sans aucune observation, M. de Chevrey aquiesça au plan que lui présenta Simone.

— Avez-vous décidé du lieu de votre nouvelle résidence ? demanda-t-il seulement.

— Oui ; nous irons probablement à Cabourg, répondit Mme de Chevrey. J'ai l'intention de partir d'avance, afin de m'occuper moi-même de la location. Dès que celle-ci sera arrêtée, je préviendrai, afin que Simone, sa gouvernante et les domestiques viennent me retrouver.

M. de Chevrey regarda sa femme, et un étrange sourire éclaira sa physionomie placide.

— Ma chère amie, tu arranges parfaitement les choses. Ce sera très bien ainsi *pour nous tous*.

L'ironie de cette réponse n'échappa pas à Mme de Chevrey qui fut, plus que jamais, convaincue que son mari n'ignorait rien.

Quelques jours plus tard, elle partait seule pour la Normandie. Jean prévenu vint la rejoindre à Mantes, et les deux amants, transportés de cette liberté, firent un voyage de rêve.

Leurs têtes appuyées l'une à l'autre, ils regardèrent défiler le paysage riant.

Jean serra la jeune femme contre lui :

— Est-ce bon de s'en aller ainsi, murmura-t-il. Dis, Maine aimée, quand ce sera pour toujours ?

Germaine répondit gravement :

— Demain, n'est à personne ; vivons de l'heure présente : trois jours... et trois nuits !... pour nous adorer, m'amour chéri...

— Oh ! tais-toi, fit Jean en lui mordant les lèvres ; tu me rends fou.

Et il la couvrit de baisers.

— Alors, questionna la jeune femme, après cet instant de folie amoureuse, tu crois que, à Caen, nous n'aurons rien à craindre ?

— Pas à Caen précisément, ma petite aimée ; mais aux environs. Nous descendrons, si tu le veux bien, en pleine campagne, dans un petit hameau où nous trouverons à grand'peine une chambre acceptable. Nous aurons des meubles de bois blanc, et des rideaux en cretonne ; mais les draps fleureront bon, et de notre fenêtre nous apercevons la plaine infinie. Nous vivrons là trois jours de la vie paysanne, en dehors de tout devoir social. Dis, Maine adorée, ne sera ce pas délicieux ?

— Si délicieux que ce rêve ne m'a pas quittée depuis que nous l'avons ébauché.

— Oh ! le continuer toujours ! toujours ! répéta Jean transporté.

En projets, baisers, paroles d'amour ; le long trajet passa.

A midi, ils étaient à Caen. Un fiacre leur fit traverser la ville et les conduisit à Venoix un tout petit village, presqu'un faubourg de l'Athène normande.

Jean avisa, sur la grande route, une modeste auberge, et demanda une chambre.

Elle fut telle qu'il l'avait décrite à sa maîtresse : très simple, très propre, tout embaumée du parfum des champs.

Dès l'après-midi, après un déjeuner sommaire : omelette au lard, porc fumé et fruits, ils partirent courir la campagne.

— Tu vas voir, comme elle est belle, ma Normandie, disait Jean.

— Mais, grand fou, je la connais, répondait en riant Germaine ; tu oublies qu'elle a été mon berceau.

— Oh ! tu es si Parisienne !

— Ne parlons pas de cela ; ici je veux redevenir ce que j'étais autrefois. Je dépouille tout parisianisme ; je ne suis plus qu'une âme très simple, qu'un cœur très tendre qui t'aime de toutes ses forces.

— Oh ! ange !

Et Jean la dévorait du regard et des lèvres.

Ils s'égarèrent dans les vastes prairies, égayées de belles vaches grasses, paresseusement couchées dans l'ombre des pommiers. Le soleil était éclatant ; mais l'air imprégné de la brise fraîche venue de la mer, était tiède et permettait de marcher sans fatigue. Quand ils rentrèrent le soir, au déclin du jour, ils étaient comme ivres de grand air, de soleil et de caresses.

Le lendemain, au matin, ils recommencèrent leurs

excursions. Elle, vêtue très simplement, le visage recouvert de la voilette blanche à grands ramages qui la masquait sans la défigurer.

Appuyés l'un à l'autre, ils s'en allaient grisés, le cœur débordant de joie. Leur bonheur était si grand qu'il effrayait Jean.

— C'est le Paradis terrestre, disait-il ; Dieu va nous en chasser.

Mais vite cet effroi se dissipait. Les mains autour de la taille de Germaine, ses lèvres dévoraient goulument le visage à demi-entrevu.

— Je t'aime, je t'aime, ma très belle, répétait-il, scandalisant les paysans et les paysannes, toutes ces âmes paisibles qui ignoraient la passion.

Ils suivirent un petit sentier, au milieu des champs, resserré entre un ruisseau et une haie, qu'ils devaient souvent parcourir par la pensée, quand ces jours ne seraient plus qu'un souvenir pour leurs cœurs.

— C'est le chemin de l'Emballard, avaient dit les paysans.

Et Jean et Germaine l'avaient trouvé charmant, abrités comme ils l'étaient, des regards indiscrets, n'ayant pour témoin de leur ivresse que les herbes folles, les insectes dorés et l'eau verte dont les mousses leur rappelaient *Les Algues*.

Doucement, tout doucement, pour son amant seul, Germaine chantait :

Les Algues ont la grâce des femmes pâmées...

Au bout du chemin, ils rencontrèrent un petit

bourri qui les considéra tout effaré. Et dans leur soif de tendresse, dans leur extase de tout ce qui les entourait, ils embrassèrent la bête au poil rude, la caressèrent, lui sourirent, lui parlèrent, comme des fous heureux qu'ils étaient.

Oh ! ce jour, comme Jean devait le revivre souvent !

. . . .

Mais l'heure fatale arriva ; il fallut reprendre le train et se diriger vers Cabourg, où, Germaine, redevenue Mme de Chevrey, devait s'occuper de la location d'une villa.

Triste à mourir, Jean quitta sa maîtresse, à moitié route pour aller revoir le vieux père et la vieille mère qui l'attendaient au village de son enfance. Mais la douleur de l'adieu fut tempérée par cet espoir :

— Demain, nous nous reverrons, et ainsi, chaque jour pendant deux mois !

Deux mois ! quelle longue félicité ! Qu'importait qu'après ce fut la Mort et l'Enfer ! S'aimer deux mois !

— D'ailleurs, je reviendrai peut-être ce soir, lui dit la jeune femme, en le quittant. A sept heures, attends-moi à cette gare ; si je puis venir je te retrouverai.

Le jour même, Germaine loua une élégante villa et télégraphia à sa fille qu'elle l'attendrait le lendemain. Puis, elle résolut de passer cette dernière nuit avec son amant.

Elle le retrouva à l'endroit indiqué, et ils s'occu-

pèrent de chercher un autre gîte pour la nuit. Ils
allèrent jusqu'à Ouistreham, là, au fond du pays,
chez une brave famille de pêcheurs, ils trouvèrent
un temple pour leur amour.

Cette nuit encore fut délicieuse ; Jean aima Germaine, comme s'il ne devait plus jamais l'étreindre.
Elle sortit de ses bras meurtrie, brisée ; mais heureuse et fière de la passion qu'elle inspirait à cet
homme plus jeune qu'elle ; à ce *gosse*, comme elle
disait parfois avec un sourire maternel.

IX

VILLÉGIATURE

Le lendemain, Simone radieuse, arriva avec l'institutrice, la femme de chambre et la cuisinière.

La villa, que Germaine avait choisie se trouvait
sur la plage ; des fenêtres, on avait le magnifique
spectacle de la mer s'étendant à perte de vue ; aussi
la jeune fille se déclara-t-elle enchantée, d'autant
plus que le soir même, elle serrait la main de Jean
venu pour saluer son arrivée.

Un peu honteux, au souvenir des jours précédents,
le jeune homme se montra dès l'abord, plus réservé
que de coutume.

Simone s'en inquiéta :

— Vous paraissez triste, M. Jean, est-ce le voisinage de la mer ?

— La mer est la voisine de mon pays natal et de mes chers parents ; vous devez comprendre Mademoiselle, qu'elle ne peut avoir sur moi, une influence néfaste. Je suis heureux, au contraire.

— Vous avez raison. C'est si beau la mer !...

Et enthousiasmée la jeune fille lançait des baisers vers l'infini bleu.

— Cependant continua-t-elle, je soutiens que son charme est mélancolique, bien qu'apaisant. Ici, joies, et souffrances n'ont pas la même acuité qu'à Paris. Le flot berce et endort le bonheur comme le malheur.

— Vous avez peut-être raison, Mademoiselle, dit Jean embarrassé de ce tête-à-tête.

— Voyez-vous, je suis Parisienne, reprit la jeune fille ; mais je déteste Paris. Mon rêve serait de vivre loin du monde dans un petit coin perdu, au bord des flots. Dans cette solitude, on peut être soi ; mais à Paris !... N'avez-vous jamais remarqué, monsieur Jean, comme les caractères déteignent les uns sur les autres ? et toujours les mauvais sur les bons ? On finit par acquérir les défauts de ses voisins ! Vilain marché que l'on fait là !

— Quelle philosophe vous faites, Mademoiselle, interrompit Jean gêné par cette expansion.

— Que voulez-vous ? C'est peut-être très orgueilleux ce que je confesse là ; mais je voudrais être moi, et rester moi. On se laisse trop conduire par le convenu, par l'habitude ; si on n'obéissait qu'à son cœur et à sa conscience, on serait meilleur ; ces gui-

des là ne peuvent conduire au mal et, j'ai plus confiance en eux, qu'en tous les préceptes du monde.

Dans l'ombre qui s'était faite, Jean admirait la
jeune fille. — Etait-ce bien la fille de Germaine qui
raisonnait ainsi ? la fille de cette femme esclave du
préjugé ?

— Alors, Mademoiselle, dit Jean intéressé malgré
tout, si vous aimiez, vous mettriez votre amour au-
dessus de tout ?

— Au-dessus de tout !

— Même au-dessus de la situation, même au-dessus des liens sociaux ?

— Oui, répondit-elle gravement, un peu émue ; si
ma conscience me disait que je puis aimer ainsi, j'aimerais.

Un silence suivit.

Plus encore que tout, les paroles du jeune homme
confirmèrent Simone dans son erreur.

— Il m'aime, pensa-t-elle ; mais il n'ose.

Alors, elle se fit plus douce encore :

— Ce serait là tout mon rêve, reprit-elle ; passer
ma vie près de quelqu'un que j'aimerais. — Mais il
paraît que c'est le rêve le plus ambitieux que l'on
puisse faire et le moins réalisable. Cependant...

— Si nous allions retrouver Madame de Chevrey,
interrompit brusquement Jean. La soirée s'avance ;
il faut que je prenne congé.

Ce soir là, dans le train qui l'emportait vers la demeure familiale, Jean songeait : — Pourquoi ne me

suis-je pas épris d'une âme pure comme celle de cette enfant, d'un cœur dont je serais le seul amour, qui pourrait être l'épouse à la fois amante et amie dont j'ai besoin... Mais non, petite Simone, vous ne sauriez être pour moi qu'une sœurette jolie, car celle que j'aime, hélas, c'est l'autre... celle qui ne m'aimera jamais comme vous sauriez m'aimer.

Et ce soir là Jean s'endormit le cœur mortellement triste.

... Cependant ces deux mois devaient passer rapides et radieux.

Momentanément le jeune homme était débarrassé du cauchemar que la présence de M. de Chevrey était pour lui.

Le banquier était demeuré à Paris ; il ne devait faire à Cabourg que deux ou trois apparitions rapides.

Germaine avait confié à son amant :

— Mon mari a installé sa maîtresse à Enghien, et il vit presque journellement avec elle.

— Comment le sais-tu ?

— Par mes *bonnes* amies, toujours.

— Profites-en pour demander le divorce.

— Nous verrons plus tard.

Et Jean, bercé par l'enchantement du moment, n'avait pas insisté.

Cependant, les deux amants se voyaient rarement seuls.

Presque toujours Simone et sa gouvernante étaient présentes. On faisait de longues promenades sur la

plage ou dans la campagne et aussi sur la mer, dans
les barques des pêcheurs.

C'était là le plaisir favori du jeune compositeur.

Au crépuscule, alors que le soleil tout rouge disparaissait à l'horizon et jetait sur la mer son voile de
pourpre, il aimait à être bercé sur l'eau, bien loin
du rivage, avec celle qu'il aimait.

Tandis que Simone, à l'extrémité de la barque, les
yeux perdus dans le vague, semblait suivre ses rêves
par delà les nuages, Jean se rapprochait de la jeune
femme et échangeait rapidement avec elle quelques
paroles d'amour.

Souvent, il emportait son violon et accompagnait
Mme de Chevrey qui chantait une Rêverie qu'il avait
composée pour elle.

Un soir, il dit à sa maîtresse.

— Le soleil se couche, ma belle, c'est l'heure où le
rayon vert glisse sur les flots. Montre-moi tes yeux.

— Pourquoi ?

— Parce qu'à cette heure, suivant la légende, on
voit clair dans son cœur et dans celui des autres. —
Le mien est tout amour, pour toi !

Germaine répondit par un sourire à ce nouvel
aveu.

A cet instant, le soleil disparaissait complètement
et avec lui la teinte pourpre de la mer. Une nuance
d'émeraude lui succéda.

— Voilà le rayon vert, Germaine, regarde-moi.

La jeune femme plongea ses yeux dans ceux de
son amant.

Mais celui-ci pâlit. Une horrible appréhension soudain lui serra le cœur.

— Germaine, murmura-t-il, il me semble que tu ne m'aimes pas comme je t'aime et que tu ne m'aimeras pas longtemps.

Et malgré la protestation de la jeune femme, il demeura triste avec, au cœur, l'effroi de l'avenir.

Une chose rendait, plus charmante et plus chère encore, au jeune homme cette villégiature. C'était les souvenirs de son enfance qu'il retrouvait à chaque pas et dont il faisait part à ses compagnes. Celle qui s'en trouvait le plus doucement émue n'était pas Germaine, mais sa fille.

Un soir de causerie dans le jardin, Simone dit au jeune artiste :

— Pourquoi, M. Jean, ne nous conduisez-vous pas à votre foyer familial ? Ce serait un pèlerinage d'amitié très doux à nos cœurs.

— Je n'oserais, vraiment Mademoiselle. Mon village est si simple que je craindrais que cette visite ne vous intéressât pas.

— Mais si, puisque c'est moi qui vous en prie.

— Dans ce cas, Mademoiselle, je serai très heureux de vous y recevoir.

— Merci, Monsieur, de vouloir bien me procurer cette joie. Mère, tu y consens n'est-ce pas ?

Germaine acquiesça en souriant. Et il fut convenu que le lendemain Jean leur ferait les honneurs de la vieille maison familiale.

Mais quand le jeune compositeur fut seule avec Germaine, il lui dit :

— J'espère que tu n'accompagneras pas ta fille, demain ?

— Pourquoi donc ? Cette visite ne doit-elle pas m'être plus chère qu'à elle.

Jean répondit gravement :

— Non, Germaine ; car là-bas sont deux êtres que je respecte à un tel point que je veux les laisser en dehors de la tourmente dans laquelle se débattent ma loyauté et mon honneur. Je ne veux pas leur présenter ma maîtresse.

Germaine éclata de rire :

— Encore tes scrupules ! Mon pauvre ami, tu me fais pitié et si tu m'aimais vraiment, tu ne me ferais pas subir de pareils affronts.

Mais Jean protesta :

— Je t'aime de tout mon cœur, Germaine tu le sais bien ; mais j'ai autant de respect pour eux, que d'amour pour toi, et tant que notre amour se tachera d'adultère, mes parents ne te serreront pas la main. Plus tard, Germaine, quand tu seras ma femme...

— C'est bien, interrompit Mme de Chevrey froidement, je n'irai pas.

Et elle ajouta avec un sourire d'ironie :

— Vous recevrez chez vous, la fille de votre maîtresse : ce sera mieux, sans doute !

Le lendemain, Germaine sous un prétexte de migraine n'accompagna pas sa fille qui partit sous la garde de Fabienne.

La beauté angélique de Simone, qu'augmentait encore la simplicité de sa robe blanche, sa grâce aimable firent l'admiration des vieux parents.

Quand elle fut partie, ils en demeurèrent comme ébloui.

— Peut-on rêver plus beaux les anges du paradis ! dit la vieille mère.

Et le père, un rude gars autrefois, ajouta.

— Je me demande comment on peut vivre près de telles femmes, sans les adorer à genoux. Si tu n'es pas amoureux d'elle, Jean, tu ne me ressembles guère.

— Mademoiselle de Chevrey est au-dessus de mes rêves les plus ambitieux, répondit laconiquement le jeune homme.

— Et si douce, et si bonne ! reprit la mère. Mon Dieu, que la vie doit être belle auprès d'une telle créature.

— Oui, reprit Jean, comme un écho, la vie doit être belle !...

X

FIN DE RÊVE.

La fin de septembre approchait et avec elle le terme du bonheur. Déjà les beaux jours étaient ternis par l'approche de la saison mauvaise. Le ciel s'embrumait ; la brise était froide, la plage déserte et les cœurs tristes.

Celui de Jean, surtout, agonisait.

— Je ne m'en irai d'ici qu'avec toi, disait-il à sa maîtresse. Si je dois faire un scandale pour te garder, je le ferai.

Mme de Chevrey demeurait impassible et n'opposait, à l'exaltation du jeune homme, qu'un dédaigneux silence.

Mais celui-ci s'entêtait :

— Je ne reprendrai pas ma vie de folie de l'année dernière. Je ne pourrais plus vivre ainsi. Si je dois te quitter après ces mois radieux, je demeurerai toujours ici, et la mer bercera mon dernier sommeil.

— Au milieu de tes amantes, les Algues, ricanait, sceptique, Mme de Chevrey.

— Germaine, tu as tort de rire ; je te dis la vérité : je me tuerai !

— Et tu te croiras tranquille pour cela ! Mais, mon cher, la tombe a des secrets que nous ne connaissons pas.

— Tu as raison, mais, que veux-tu ? Je tenterai d'oublier. Si je me trompe, tant pis !

M. de Chevrey avait annoncé son arrivée pour la dernière semaine. Il devait ramener sa famille à Paris.

Un message, d'une des *bonnes amies* de Mme de Chevrey le précéda.

« Vous allez retrouver votre mari, ma chère, de *l'humeur* la plus noire qu'il soit possible d'imaginer. Il s'est aperçu que Mme de Merina (¹) le trompait avec

______

(1). *Journal d'une Amoureuse* et l'*Amour coupable*, même collection.

le peintre Jacques Régnier. Froissé, il a rompu défi-
nitivement avec son infidèle maîtresse. »

Très contrariée, Mme de Chevrey avait déchiré la
lettre sans la montrer à Jean ; mais elle connaissait
trop son mari pour douter un seul instant qu'elle
n'eût à supporter le contre-coup de cette rupture.

C'est le moment d'être prudente, pensa-t-elle. Il ne
faut pas que M. de Chevrey trouve Jean trop souvent ici. Si je pouvais le décider à nous précéder à
Paris.

Mais tout fut inutile. Jean se refusa à abréger d'une
minute les heures de Paradis qu'il vivait.

M. de Chevrey arriva huit jours plus tôt qu'on ne
l'attendait. Il avait l'air soucieux, son regard semblait plus sombre et plus dur au milieu de l'épaisse
broussaille de sa barbe et de ses sourcils.

— Nous partons lundi, annonça-t-il sans préambule.

— Comment, se récria Mme de Chevréy, mais nous
ne devions quitter Cabourg que la semaine prochaine ?

— J'en ai décidé autrement. D'ailleurs le mauvais
temps me donne raison. Je ne sais vraiment qui pourrait vous retenir ici plus longtemps.

— Nous ne serons pas prêtes, protesta Germaine.

Le banquier haussa les épaules.

— Aux domestiques, on accorde deux heures pour
faire des malles, à vous, je donne deux jours.

Au ton, Germaine comprit qu'il était inutile de ré-
criminer.

Il fut donc convenu qu'ils quitteraient Cabourg le
lundi suivant.

Le lendemain, Jean vint pour déjeuner. Quand le banquier apprit l'arrivée du jeune homme, il manifesta son mécontentement.

— On ne peut donc jamais être en famille ici ! Ce garçon avec ses façons de pique-assiette commence à m'être insupportable !

Simone stupéfaite essaya de protester :

— Papa, implora-t-elle.

Mais M. de Chevrey l'interrompit brutalement.

— Ce n'est pas à toi de prendre sa défense ; pas à toi ; tu entends.

— Mais, cependant, père, M. Odin est pour nous plus qu'un professeur, il est...

— Je crains bien qu'il ait un autre titre, en effet !

Simone pâlit ; que voulait dire son père ? Avait-il deviné son amour ?

La jeune fille se tut et demeura inquiète jusqu'à l'arrivée du jeune homme.

Jean s'aperçut vite que l'amitié de M. de Chevrey avait changé brusquement.

— Vous savez, M. Odin, c'est la dernière fois que vous venez à la villa, annonça le banquier, car nous partons demain.

Jean ne put retenir un cri de surprise :

— Demain ! Comment !

— Oui, demain. J'en ai assez d'avoir ma femme si loin de moi. Quand on est époux, que diable, ce n'est pas pour vivre séparés.

Ces paroles étaient autant de glaives qui s'enfonçaient dans le cœur du jeune homme :

.Il avait le droit de commander et d'être obéi, lui !

Le déjeuner fut triste. Une gêne planait sur chacun. On sentait que M. de Chevrey était hostile à tous. Après le repas, Jean trouva cependant le moyen de se rapprocher de Germaine.

— Qu'à donc ton mari ?

— Sa maîtresse l'a trompé.

— Et c'est à nous qu'il en veut ?

— Je le crains.

Après un instant de silence ·

— ...Alors, tu pars demain ? questionna le jeune homme la voix soudain brisée.

— Il le faut.

— Et moi ?

— Tu me retrouveras à Paris.

— A Paris... comme autrefois ! Ah ! Germaine, quel martyre !

— L'instant n'est pas aux récriminations, interrompit sèchement Mme de Chevrey, souviens-toi que tu es l'amant d'une femme mariée.

— C'est-à-dire que nouveau Lazare, je n'ai droit qu'aux miettes de la table !

— Si tu es trop fier pour les accepter...

— Germaine, je souffre...

— L'éternel refrain ! Mon cher, si je ne te suffis plus, marie-toi.

Jean regarda fixement sa maîtresse.

— C'est toi qui me parle ainsi ? dit-il. Et tu prétends m'aimer ?

— L'ennui ronge tout, même l'amour !

— Oh ! Germaine, tu as été l'amante des beaux
jours ; mais viennent les mauvais, se sera fini, murmura le jeune homme dans un sanglot.

Mais Mme de Chevrey insensible à sa douleur
s'éloigna en disant :

— Tu vas achever de nous compromettre.

Elle ne devait plus échanger une parole avec son
amant avant de quitter ce lieu qui avait été pour lui,
le paradis terrestre.

XI

JALOUSIE

A Paris, Jean retrouva l'enfer ; mais cette fois,
Germaine le partagea.

Espionnée par son mari qui avait rejeté sur elle
toute la jalousie qu'il avait eue naguère pour sa maîtresse, elle ne voyait Jean que bien rarement. Avec
l'égoïsme qui était le fond de sa nature, elle avait dé-
libèrement choisi entre l'amour et la fortune et elle
était toute prête à sacrifier irrémédiablement l'un
pour garder l'autre.

Jean le pressentait et il en concevait une jalousie
féroce. Au lieu de se faire le plus humble possible
pour n'être pas, à Mme de Chevrey, l'encombrant
fardeau dont elle songerait à se défaire, avec l'inha-
bileté d'un amoureux sincère, il multipliait les fautes
qui devaient amener la perte de son bonheur.

Les rares entrevues des deux amants se passaient tristement : les larmes y remplaçaient les baisers ; et les récriminations jalouses, les paroles de tendresse.

Un instant, en face de cette femme qu'il adorait, le jeune homme retrouvait l'oubli. Mais une parole, un geste le rappelaient à la réalité, et le visage crispé, le regard mauvais, il s'emportait contre celui qui lui disputait la chère présence.

Pour détourner d'elle la colère du jeune homme, Germaine se faisait très malheureuse.

— Si tu savais quelle vie est la mienne ! lui disait-elle. Par vous deux, je suis traquée comme une bête fauve. A la moindre certitude, M. de Chevrey me tuera, ou me séparera à jamais de mon enfant.

— Simone est trop tendre pour oublier jamais sa mère, répondait l'artiste. D'ailleurs pourquoi, lorsque tu le pouvais, n'as-tu pas demandé le divorce ?

— J'ai attendu, hésité ; maintenant, il est trop tard. N'en parlons plus... Mais si tu savais ce que je souffre, tu serais meilleur pour moi. Au lieu de jouer l'amant jaloux, tu te ferais l'ami dévoué dont j'ai tant besoin.

Et, cachant son visage dans ses mains, Mme de Chevrey attendrissait son amant par ses larmes.

Cependant, un après-midi que le jeune homme l'avait attendue en vain, après quinze jours d'absence, il s'emporta contre elle.

Seul dans sa chambre, ayant vécu les longues heures de l'attente, le doute entra dans son âme et profana cette Germaine que jusqu'alors, il avait gardée si pure dans son cœur.

Le mari est-il bien mon seul rival ? pensa-t-il. Cette femme, qui s'est offerte à moi, s'offrait-elle pour la première fois, à l'adultère ? Sans doute n'ai-je été qu'un successeur, et à cette heure tandis que je pleure mon agonie ici, peut-être, se pâme-t-elle sur le cœur d'un autre !

A cette pensée, il fut pris d'un grand tremblement :

—Oh ! dit-il en serrant les poings avec rage, si c'était vrai, je la tuerais !

Et au lieu de repousser ce doute affreux, le jeune homme lui ouvrit grand son cœur, il se complut à en chercher la confirmation dans les moindres incidents de leur vie passée, et convaincu, à demi-fou, il prit son chapeau, sortit sans pardessus malgré le froid et se rendit précipitamment chez Mme de Chevrey.

Le temps où il avait été l'hôte assidu de la maison était loin. Jamais, maintenant, le banquier ne se trouvait là pour le retenir à dîner ; l'intimité des jeudis n'existait plus, et à la leçon de Simone, Germaine n'assistait plus.

Sans avoir trouvé un prétexte, et cependant sans une hésitation, Jean demanda à la domestique, Madame de Chevrey.

— Madame vient de rentrer ; je vais voir si elle peut recevoir Monsieur.

Elle venait de rentrer ! Et lui qui l'attendait depuis deux heures. Oh ! l'infâme, l'infâme !

Dans le salon, où il se trouvait, il marchait fiévreusement, serrant les poings, le visage contracté, ne parvenant plus à dominer le désordre de ses nerfs.

Quelques minutes plus tard, Germaine entrait. Dès le seuil, ses sourcils hautains se froncèrent ; elle marcha vers son amant et le regarda froidement, sans lui tendre la main.

— Monsieur Odin, êtes-vous fou ? demanda-t-elle. Que venez-vous faire ici ?

— Vous dire toute votre infâmie !

Et lui serrant les poignets, le jeune homme lui cria :

— Où êtes-vous allée cet après-midi, dites, misérable, tandis que moi, angoissé, je vous attendais ?

Mme de Chevrey tenta de se dégager et répondit très calme :

— Je vous défends d'abord, d'élever la voix ici. Vous êtes chez moi, chez mon mari, et je ne souffrirai pas que vous me parliez sur ce ton.

Jean s'emporta :

— Ici, comme ailleurs, vous êtes ma maîtresse ! Vous ne vous appelez plus Mme de Chevrey, mais Germaine ! Et moi, votre amant, moi qui ai reçu vos serments d'amour, je viens vous demander où vous avez passé les heures qui devaient m'appartenir ?

— Peu vous importe !

— Germaine !...

— Croyez-vous que c'est en me traitant de misérable, que vous obtiendrez quelque chose de moi ! poursuivit Mme de Chevrey. Non, Monsieur vous ne me

connaissez pas, et pour vous apprendre à me connaître, je ne vous répondrai pas.

— Germaine, prends garde !

— De quoi ? D'un scandale ? Je n'ose supposer que
celui qui a été mon amant puisse devenir aussi
lâche !

Jean pâlit.

— Germaine, tu ne vois donc pas dans quel état
je suis ? Le doute me torture ; je deviens fou ; par
pitié réponds-moi ; justifie-toi ; je t'en prie… je t'en
suppplie.

— Si vous me priez au lieu d'ordonner, j'accéde-
rai à votre désir.

Et lentement, le regardant bien en face, la jeune
femme ajouta :

— Si je ne suis pas allée chez vous tantôt, c'est
que je n'en ai pas été libre. M. de Chevrey m'épiait,
je le savais. Il devait me suivre, ou me faire suivre.
Je suis allée simplement faire des visites en compagnie de Simone. Je me suis fait accompagner de ma
fille, parce que je devinais que j'aurais besoin d'un
témoin.

Il y eut un instant de silence.

— C'est vrai, ce que tu me dis là, Germaine, demanda Jean la voix subitement radoucie.

— Voulez-vous que je fasse venir ma fille ?

— Non, je te crois. Pardonne-moi, ma Germaine.

Et le jeune homme voulut baiser les mains de sa
maîtresse, mais celle-ci les refusa et demeura hautaine ;

— Je vous refuse votre pardon, déclara-t-elle.
Vous m'avez appelée misérable ; misérable, je serai.
Je ne veux plus avoir pitié d'un amour qui devient
pour moi une torture, qui m'expose à tous les dan-
gers. Mariez-vous ou cherchez-vous une autre maîtresse ; Jean, votre Germaine est morte, Mme de Chevrey seule survit.

Le jeune homme se redressa.

— Ce n'est pas vrai, Germaine, tu es à moi et tu
le seras toujours. Si je t'ai offensée, je t'en demande
pardon. Pardonne-moi, au nom de mon amour !

— Non !... D'ailleurs que veniez-vous faire ici ?
Tenter de me déshonorer en provoquant un scandale !... Mon mari veille ; prenez garde, ce n'est pas
moi qui paierai le plus cher !

— Et que peu m'importe ce qui ne sera pas la mort
de mon amour !... S'il veut mon sang pour laver son
honneur, qu'il le prenne !... La mort est douce à celui qui a tant souffert !

— Oui ; mais moi, je vous répète que je ne veux
pas de scandale ; je veux rester Mme de Chevrey ;
vous entendez : *je le veux !* Allez-vous en donc car
en venant ici, vous avez commis la plus grande des
imprudences.

— Pardonne-moi, Germaine, je vais partir ; pardonne-moi ; mon amour me rend fou.

— Va-t-en ; tu nous perds, en demeurant ici.

— Je te quitte ; mais promets-moi de venir demain, après-demain quand tu pourras, quand tu voudras ; je t'attendrai toujours.

Mme de Chevrey esquissa un geste de vague promesse, et sans un baiser, sans un serrement de main, poussa le jeune homme vers la porte.

A peine avait-il disparu que M. de Chevrey entrait.

Il vint à sa femme, les bras croisés, le regard dur et fixe.

— Je viens encore de rencontrer Odin dans l'escalier, déclara-t-il. Je voudrais bien savoir ce que cet individu vient faire sans cesse ici. J'ai souffert sa présence longtemps ; mais ma patience est à bout. A qui en veut-il décidément ? A ma fille, à ma femme ? Plutôt à ma bourse, car cette espèce de m..., pour être entretenu, accepterait indifféremment d'être le mari de l'une, ou l'amant de l'autre !

Lâche devant son mari, Germaine n'essaya pas de relever l'insulte dont celui-ci venait de salir son amant. Gardant tout son calme, elle répondit :

— M. Odin venait me prévenir qu'il ne pourrait venir demain donner la leçon à Simone.

— Ah ! vraiment ! Eh bien, je le dispense de toute leçon désormais. Son art lui sert de masque ; qu'il aille près des autres jouer la comédie ; ici, il ne fera plus de dupes.

A cet instant, comme appelée par un secret pressentiment, Simone entra.

Elle avait entendu les dernières paroles de M. de Chevrey.

— Mon père a tout deviné, pensa-t-elle, et il veut me séparer à jamais de lui.

Dominant son émotion, très brave, la jeune fille releva les dernières paroles du banquier.

— C'est de M. Odin que vous venez de parler? mon père.

M. de Chevrey répondit, brutal :

— Oui, de lui !

— Et pouvez-vous me dire ce qui motive ces paroles?

— Je n'ai pas de compte à rendre à une petite fille comme toi, répondit le gros homme embarrassé.

— Petite fille, mon père, je ne le suis plus. J'ai la raison d'une femme... et aussi sa volonté.

— Ce qui veut dire ?..

— Qu'entendant insulter devant moi un ami, j'ai le droit de le défendre.

— Ah ! vraiment, tu regardes cet individu comme un ami, tu as de la perspicacité, je t'en fais mon compliment.

La voix du banquier s'était faite railleuse, elle blessa plus vivement la jeune fille.

— M. Odin a toujours été pour moi le plus respectueux des professeurs ; j'ai pu apprécier ses grandes qualités, et je me refuse à le condamner sans preuves.

— Soit. Garde ton jugement ; mais je te préviens que cet homme ne remettra jamais les pieds ici.

Et sur un geste de protestation de la jeune fille :

— Je suis ton père, tu es chez moi ; j'ai le droit de commander et d'être obéi. — Quant à ta mère, elle sera responsable de l'exécution de mes ordres. Maintenant, c'est dit, je ne le répéterai pas.

Et sur ces paroles de menace, M. de Chevrey sortit.

Simone regarda sa mère, elle la vit morne, le visage très pâle.

Espérant trouver en celle-ci une alliée, la jeune fille se jeta dans ses bras en sanglotant :

— Oh ! mère, mère, que je suis malheureuse !

Le soir même, à la hâte, Mme de Chevrey écrivait à son amant :

« Jean,

« Le châtiment de l'imprudence que vous avez commise ne s'est pas fait attendre. M. de Chevrey vous a vu tantôt, et désormais il vous interdit de franchir notre seuil. Les leçons de Simone sont suspendues et toutes relations doivent cesser entre vous et nous.

« Voilà le résultat de votre acte de folie. Êtes-vous content ?

« J'aurais pu le payer très cher, heureusement que *Simone* a détourné sur elle la colère qui me menaçait. Elle m'a sauvée sans le savoir. Cette enfant s'est imaginée que vous l'aimiez et que c'était pour cette raison que son père vous avait mis à la porte. Elle vous a défendu avec une vaillance que j'ai admirée tout en la bénissant.

« Grâce à elle je me crois à l'abri des soupçons. D'ailleurs, je fortifierai dans cette voie la croyance de M. de Chevrey en lui faisant part des confidences de Simone.

« Quant à vous, Jean, vous devez comprendre qu'il est temps de mettre fin à un jeu qui se terminerait sûrement par une irréparable catastrophe.

« Oubliez-moi donc, car je ne veux plus d'une vie que je passe dans les larmes.

« Si vous souffrez, dites-vous bien que vous êtes la seule cause de ces souffrances ; vous avez mal agi et si je vous pardonne, c'est à la condition que désormais vous oublierez celle qui fut

GERMAINE. »

XII

DÉSESPOIR

Ce fut au soir du 1ᵉʳ novembre que Jean reçut la lettre de Mme de Chevrey.

A la surexcitation de la veille avait succédé un abattement profond. Le jeune artiste avait pleuré, puis s'était endormi d'un sommeil fiévreux, troublé de cauchemars.

Il s'était réveillé tard, au matin, un rayon de soleil glissait à travers les rideaux de sa fenêtre et la *Savoyarde* annonçait gaiement aux Parisiens sceptiques la fête de tous les saints, si proche de celle des morts !

En ce joyeux salut des choses, Jean vit un espoir.

Comme toutes les natures nerveuses, le jeune ar-

tiste était sensible à la beauté d'un ciel sans nuage,
au rayonnement d'un soleil printanier.

Cette journée de novembre lui donna l'illusion
d'une journée d'avril.

Cependant, malgré l'attirance du dehors, le jeune
homme ne voulut pas sortir. Germaine viendrait peut-
être, espérait-il.

A midi seulement, il sortit pour déjeuner au res-
taurant voisin, puis il revint. Le soleil avait quitté sa
fenêtre, il se sentit moins gai.

Elle va venir tout à l'heure, voulut-il se convaincre,
pour dissiper la mélancolie qui commençait à l'en-
vahir.

Et il écrivit :

Vendredi, deux heures.

« Bonjour, toi qui vas entrer tout à l'heure parée
de ta beauté souveraine qui m'enchante ! Salut, toi,
Sirène qui me captive et me mène aux tourments
effroyables… Mais qu'importe les larmes et la douleur, pourvu que je sois près de toi, que je puisse te
contempler !

« Les martyrs lorsqu'ils voyaient les cieux ouverts
n'étaient-ils pas insensibles à la flamme qui léchait
leur corps, aux tenailles qui arrachaient leur chair.

« Ainsi, je veux être près de toi, ma très belle.

« Oui, j'ai souffert et t'ai fait souffrir. Vois-tu, la
vie est pleine de mystères, et l'ombre, pleine d'em-
bûches. Des êtres qui sont imperceptibles à nos sens
doivent se plaire à contre-carrer nos projets; des puis-

sances mauvaises rôdent autour de nous ; et je suis de l'avis de ce mien ami qui prépare pour le théâtre une bien jolie pièce ; il y a l'*Adversaire* du bonheur.

« Amie, ne soyons pas sa proie ; luttons, luttons de toute la force de nos cœurs unis. — Aimons-nous, qu'importe le reste ! Et puisque je possède ton cœur, ton esprit, ce qu'il y a de meilleur en toi, puisque, à moi seul, tu fais le don de ta beauté — que l'*autre*, tu le subis. — je veux être heureux.

... Vois, comme je suis raisonnable, aujourd'hui. C'est le soleil qui a fait ce miracle ; le soleil, et puis aussi ta pensée, ton sourire évoqué... Te souviens-tu de nos vacances ?... du chemin de l'Emballard ?.. de notre chambre de Ouistreham ?... et de nos promenades en barque ?... le *rayon vert* ne glisse-t-il pas sur l'eau ?...

« Oh ! Miette, que tu es belle ! Tiens, je te vois là, près de moi, et tu rayonnes sur toutes choses, tu embellis ma chambre. — Miette !... mais tu ne viens pas !... Pourquoi, dis pourquoi ? Je t'attends, ne le sens-tu pas ? Je t'appelle, ne m'entends-tu pas ?... Viens, viens, car j'ai soif de toi... Sans toi ma joie s'en va, la nuit se fait... et je vais encore souffrir.

. . . .

« quatre heures.

« Mes yeux se brouillent, ta divinité s'efface, et les flammes du doute me brûlent, ses tenailles me déchirent, Germaine !...

. . . .

« Cinq heures.

« L'heure passe, et tu n'es pas là. Ma chambre
prend l'aspect funèbre des sépulcres. Comme eux,
elle est sombre ; comme eux elle est déserte. — Cime-
tière de toutes mes illusions qui meurent !... La nuit
vient, une nuit pleine de brume, et là-haut, la cloche
sonne le glas... le glas des morts... Est-ce que moi
aussi je ne vais pas mourir, mourir de la désespérance qui m'étreint ? Jamais je n'ai trouvé le son des
cloches aussi triste que ce soir !... »

Jean épuisé, laissa tomber la tête dans ses mains.

La nuit était venue, une nuit sombre, froide, hu-
mide. Les ténèbres avaient envahi la pièce, et le jeune
homme demeurait là, accablé, se disant qu'il ferait
bon s'endormir pour ne plus se réveiller.

Un coup de sonnette violent vint le tirer de sa
torpeur. Soudain, l'espoir revint dans son cœur.
Presque défaillant de bonheur, il se précipita vers la
porte. Ce n'était que la concierge, mais elle tenait
une lettre à la main. — D'Elle, sans doute ?

— Pardonnez-moi, M. Odin, je croyais que vous
n'étiez pas rentré, je ne vous avais pas vu passer.
C'est à tout hasard que je venais porter cette lettre,
arrivée aux dernières heures de la matinée.

Sans répondre, Jean prit la lettre, s'enfuit avec son
trésor, et après avoir fait de la lumière, avidement
en prit connaissance.

Mais bientôt, avec un geste accablé, il laissa le
message glisser à terre.

— Mon Dieu, qu'ai-je fait pour tant souffrir ! murmura-t-il.

Le vide s'était fait dans son cerveau. Le jeune homme regardait devant lui, fixement, sans ciller, comme un hypnotisé, car ce qu'il voyait là, au fond de la chambre noire et de l'horreur de son âme, c'était la mort qui lui souriait.

Oh ! ne plus souffrir, s'endormir avec la vision chère, la vision au doux sourire, au caressant regard, la vision d'antan !

— La tombe a des mystères, lui avait dit Germaine.

Qu'importait, il fallait se séparer de cette enveloppe de souffrance qui torturait son âme et si, dans l'éther, celle-ci se retrouvait papillon, elle voleterait vers la fleur jolie dont le parfum grisant l'avait endormi du sommeil de la mort.

L'expiation ? Il ne la craignait pas. L'expiation n'est-elle pas dans la vie ? Le purgatoire, l'enfer, n'est-ce pas la terre, le bagne maudit des âmes captives !

Il eût préféré mourir avec Germaine, mais elle, aimait la vie, elle tenait à sa chair, chair de plaisir et non de souffrance.

Il s'en irait donc seul et, puisqu'il lui était défendu de vivre près d'elle, de la revoir, il irait demander au monde invisible ses secrets. Germaine ne pourrait lutter contre l'atmosphère de tendresse dont il l'entourerait par delà de la tombe, et cette femme qui aimait la vie, serait vouée au culte d'un mort.

Avec une exaltation qui tenait de la folie, Jean
prépara son suicide.

Sur le dernier des feuillets qu'il avait écrits l'après-
midi, il ajouta ces vers qui clamaient au fond de lui
leur désespérance, et qui résumaient si bien les espoirs et les angoisses de cette journée (1) :

L'être cher viendra-t-il ?... Voici que l'heure approche !
L'angelus de l'Espoir et le sombre tocsin
Du Doute désolé font tressaillir mon sein,
Et chaque tintement à mon âme s'accroche !

C'est tantôt un sourire et tantôt un reproche,
C'est comme un son léger et pur de clavecin ;
C'est comme un hurlement angoissé d'assassin !...
Et toujours dans le noir vibre l'horrible cloche !

Viendra-t-il ? Viendra-t-il ? Mais non l'heure s'enfui
L'Angélus consolant s'éloigne dans la nuit,
Et le mortel tocsin clame de sa voix creuse !

Tout mon être frémit et se tend vers l'absent ;
L'attente est devenue une angoisse affreuse...
Puis un voile de mort, sur moi plane et descend.

.   .   .   .

Ceci, Maine est mon dernier cri de souffrance ; j'y
ai mis tout mon cœur. Aux heures tristes où ton âme
sera troublée par les souvenirs de l'autrefois d'amour,
tu te rediras tout bas ces vers, et mon âme palpitera

(1) Jane de la Vaudère

près de toi, dans l'*attente* du jour qui doit nous réunir.

« Adieu, Miette, adieu amante adorée. Jamais tu ne connaîtras un amour aussi grand, aussi fort que le mien. Adieu ! Dans un dernier baiser, mes lèvres s'unissent aux tiennes... pour l'éternité !

JEAN. »

Il ferma cette lettre, la cacheta ; puis il écrivit à Philippe Marceau.

« Mon cher ami,

« Ta prophétie se réalise : — *La Sirène* m'a conduit à la mort. Je te serre la main une dernière fois, et te demande de bien vouloir te charger de faire exécuter mes dernières volontés.

« Tu trouveras sous ce pli un autre message que tu voudras bien remettre à Mme de Chevrey.

« Je te prie aussi de faire prévenir avec le plus de ménagement possible, mes pauvres vieux parents. Leur souvenir m'est pénible, mais n'est pas suffisant pour lutter contre l'*autre* et me rattacher à la vie. Assure-les de ma tendresse, et obtient pour moi leur pardon.

« Une dernière fois, adieu et merci.

Ton ami,

JEAN. »

Il glissa cette lettre avec celle à Germaine sous une
même enveloppe, écrivit dessus :

— A remettre à M. Philippe Marceau, rue de Miromesnil. — *Pressé.*

Ceci fait, il s'occupa des préparatifs matériels.

Il n'avait pas un regret.

Une heure se passa encore : puis aux derniers glas
de la Savoyarde, Jean s'étendit sur son lit tandis que,
au milieu de la chambre, dans une grille, les charbons se consumaient, répandant leurs vapeurs as-
phyxiantes. »

XIII

RÉSURRECTION

Sa lettre écrite à Jean, Mme de Chevrey, un peu
bouleversée, tenta de retrouver le calme.

Certes l'amour du jeune homme avait été la grande
distraction de sa vie, mais maintenant il en était le
cauchemar.

Aussi était-ce sans grand déchirement que la jeune
femme s'était décidée à accepter l'arrêt de M. de Chevrey. Elle ne reverrait pas Jean.

Mon amant n'est qu'un égoïste, se disait-elle, il ne
pense qu'à lui et veut me sacrifier à son orgueil.
Quand on ne peut entretenir une femme, on ne doit
pas avoir de pareilles exigences.

Sur ces réflexions, la jeune femme s'endormit du
plus calme des sommeils.

Le lendemain, la pâleur et l'air triste de Simone attirèrent son attention : sa fille souffrait certainement plus qu'elle. Germaine prit à cœur le seul rôle qui lui restât désormais : son rôle de mère ; elle chercha à distraire la jeune fille et à gagner sa confiance ; mais celle-ci demeura sourde à tout appel de tendresse.

Mme de Chevrey tenta alors de se rapprocher de son mari et de rouvrir le débat de la veille :

— Vous avez raison, Auguste, de prendre une résolution dont l'énergie effrayait mon cœur de mère. Il était grand temps de déraciner le mal.

— Je le crois, répondit froidement le banquier, qui tourna le dos à sa femme.

La journée passa longue et morne, comme le sont généralement les journées de Toussaint.

Le cœur de Germaine n'eut pas le moindre pressentiment du drame qui se déroulait là-bas, dans la chambrette d'amour, transformée en chambrette de deuil.

Le lendemain, pour se distraire et déjouer les soupçons de son mari, elle fit des visites en compagnie de Simone.

La jeune femme papota, prodigua les sourires et les coquetteries, bien décidée à distraire sa pensée de celui qui l'avait occupée jusqu'ici.

Quand elle revint, rue Lafayette, la bonne lui dit :

— Il y a dans le salon, un Monsieur qui attend Madame.

— Il ne vous a pas dit son nom, demanda-t-elle, les sourcils froncés, le cœur inquiet.

— Voici sa carte, Madame.

Germaine lut :

— Philippe Marceau.

— Il envoie son ami, l'avocat, pensa-t-elle avec un sourire ; mais celui-ci va commencer sa carrière par un échec !

Et après avoir ôté son chapeau, donné un coup d'œil au miroir, Mme de Chevrey entra dans le salon.

Philippe l'attendait, debout, tout de noir vêtu, l'air sombre.

Il ne prit pas la main que la jeune femme lui tendait ; il s'inclina seulement, profondément et lui remettant une enveloppe cachetée :

— En vous donnant cette lettre, dit-il, j'accomplis, Madame, le dernier vœu d'un mourant. Prenez-en connaissance et faites ce que votre cœur vous conseillera. Moi, je me retire. Adieu, Madame.

Et, laissant la jeune femme stupéfiée, Philippe sortit.

Mme de Chevrey était devenue très pâle.

Cependant prudemment, avant d'ouvrir le message, elle passa dans sa chambre où elle s'enferma.

Puis, elle déchira l'enveloppe. Le mot *mourant* l'avait frappée et effaçait le sourire de fatuité qui eût accompagné son geste, si elle avait cru à une simple protestation de tendresse de son amant évincé.

Il lui plaisait d'être regrettée.

Elle lut, et aux premières pages, le sourire revint :

N'était-ce pas l'éternelle chanson ! Mais peu à peu il s'effaça, puis disparut, tandis que la pâleur s'accentuait :

— Il est mort ! murmura-t-elle avec un sanglot.

Son hystérie s'était grisée à la pensée qu'un homme s'était tué pour elle ; le suicide de Jean élevait soudain celui-ci au rang d'un héros et maintenant elle l'aimait au point de tout abandonner, de tout compromettre pour l'embrasser une dernière fois.

Sans changer de costume, sans même prendre le soin de doubler son voile, elle sortit précipitamment, disant à la femme de chambre :

— Ne m'attendez pas pour le diner.

Devant la porte, elle arrêta un fiacre et donna l'adresse de Jean.

Pendant la course rapide, elle serra sur son cœur le message, le couvrant de baisers le trempant de larmes. Elle avait dédaigné le vivant, elle aimait le mort !

Sans s'arrêter devant la loge, elle grimpa les quatre étages, puis sonna doucement, en murmurant dans un cri plaintif : Jean !

Ce fut la concierge qui ouvrit.

— M. Odin est bien malade, Madame ; il ne peut recevoir.

— Il est vivant !

— Oui.

— Vivant ! O Dieu, merci !

Et la jeune femme, laissant là, la concierge stupéfaite, se précipita dans l'appartement.

Une seconde plus tard, elle couvrait de baisers fous, le visage pâli, mais rayonnant du jeune homme.

— Tu vis ! Tu vis !! répétait la jeune femme.

Et lui, la voix très faible, murmurait, en caressant le visage aimé.

— Te voici donc, Maine adorée. Alors, c'est la Résurrection... Pour te revoir, il m'a fallu passer par les affres de l'agonie, les ténèbres de la Mort, mais, maintenant, c'est pour toujours, n'est-ce pas ; tu es là, tu ne me quitteras plus !

— Je t'aime, répondait seulement Germaine.

Puis comme la concierge s'interposait :

— Madame, il lui faut du calme,

Elle se tourna vers elle :

— Racontez-moi, dit-elle, comment le malheur a pu être évité.

— Ce matin, dit la brave femme, une odeur étrange, fort désagréable se répandait dans l'escalier. D'abord surpris, nous devînmes vite inquiets en nous apercevant que cela venait de l'appartement de M. Odin. Je frappai ; on ne me répondit point. Alors, je résolus de faire ouvrir. Hélas, le triste spectacle ! Dans la chambre, je trouvai M. Odin, qui râlait, râlait à faire pitié. Une grille de charbons de bois achevait de se consumer ici même, où vous êtes, Madame, et sur la table, des lettres bien en vue disaient assez que ce malheur avait été voulu. Je me précipitai à ouvrir les fenêtres ; puis quand l'air entra grand dans l'appartement, j'envoyai chercher un médecin. Le pauvre monsieur était bien malade, il a été très difficile de le faire revenir à la vie, mais enfin, ce soir il va mieux. Et maintenant que vous voilà, Madame, ajouta indiscrètement la vieille concierge, il ne doit pas se repentir que les choses aient tourné ainsi.

— Pauvre ami ! soupira Germaine en s'agenouillant au pied du lit et en baisant la main du jeune homme.

— Tu as bien souffert ? interrogea-t-elle, la voix infiniment pitoyable.

— Moralement, épouvantablement. Mais, la mort m'aurait été plus douce que la vie. Le départ a été moins pénible que le Retour. Ce matin j'ai plus souffert qu'hier au soir.

— Et maintenant, dit-elle de sa voix caressante tu ne souffres plus ?

— Plus du tout, puisque tu es là, ma bien-aimée.

Faisant un effort, il l'enveloppa de son bras et l'attira à lui.

Discrètement, la concierge s'était retirée dans la pièce voisine.

— Tu restes ? interrogea anxieusement le jeune homme.

Germaine hésita. Peu à peu, elle s'était ressaisie et songeait avec effroi à ce que l'on pouvait supposer là-bas, chez elle.

— Reste, insista le jeune homme ; reste... où je retourne vers la Mort.

Germaine répondit très douce :

— Veux-tu ne plus prononcer ce nom maudit ; c'est celui de la Rivale que tu as voulu me préférer, vilain m'amour !

Puis, elle ajouta plus douce encore :

Sois raisonnable. Ma présence t'a consolé ; je t'aime toujours, tu le vois ; je reviendrai, mais ce soir il faut que je retourne là-bas. Nous verrons à arranger les choses au mieux. Pas de folies.

— Maine, tu veux que je souffre encore !

— Non, je verrai à arranger cela, je te le promets. Maintenant, Jean, au revoir, à demain. Sois bien raisonnable.

Elle le borda comme un enfant, puis le baisa au front, et tout doucement s'en alla, avec des airs maternels.

Rentrée chez elle, tout de suite, elle se heurta à son mari.

— Pouvez-vous me dire d'où vous venez à cette heure ? lui demanda-t-il brutalement.

Mme de Chevrey répondit en le regardant bien en face :

— Oui, Monsieur ; je viens de chez M. Odin.

— Vous avez la hardiesse de l'avouer !

— Oui, car je n'ai aucune raison pour vous cacher cette visite. En allant chez lui j'ai obéi à la voix de la Charité ; m'en ferez-vous un crime ?

— La Charité ! répéta le banquier avec un rire insultant.

— Oui, Monsieur, reprit Germaine hardiment, la Charité. Un des amis de M. Odin, M. Marceau — que vous connaissez — m'attendait ici tout à l'heure pour me dire que, désespéré de la résolution que nous avions prise envers lui, M. Odin avait tenté de se suicider. M. Marceau venait me prier, en grâce, d'éviter le retour d'une seconde tentative en l'accompagnant chez son ami afin d'essayer de le rendre à la raison. J'ai cru de mon devoir d'accéder à la prière de l'ami. Je ne me repens de rien.

Puis elle ajouta, ironique :

— Eut-il mieux valu envoyer ma...

Mais elle n'acheva pas. M. de Chevrey lui avait saisi les poignets et lui crachait ces paroles à la face :

— Taisez-vous ! Ne continuez pas l'infâme comédie. C'est de vous que Odin avait besoin et non d'elle ! Ne vous masquez pas ; c'est inutile. Je sais ce qui est derrière votre masque. Seulement je vous dis ceci :

Vous ne retournerez pas chez cet individu, vous ne le reverrez pas, ou vous *ne rentrerez pas ici*. Choisissez maintenant entre lui et moi ! Allez retrouver votre amant ou séparez-vous en pour toujours. Car je vous préviens que je saurai faire respecter la résolution que vous prendrez.

Il scanda :

— Vous... ne... le... reverrez... plus !

Il y eut un instant de silence. On n'entendait que la respiration précipitée, haletante des deux adversaires.

Puis Mme de Chevrey releva vers son mari son beau visage sur lequel éclatait comme un triomphe et dit très calme :

— Je reste.

XIV

VENGEANCE

Cependant Jean revenait à la vie avec béatitude.
Sa Germaine était reconquise. Il avait senti l'amour
palpiter dans ses baisers, elle était à lui comme
aux premiers jours. Et les rêves d'or lui prêtaient
leurs ailes pour s'envoler bien haut, vers les horizons
bleus de l'avenir. Nous partirons tous les deux, son-
geait-il. Avec cette Muse adorable, je saurai atteindre
au Génie. Je ferai des œuvres qui nous conduirons à
la Fortune et à la Gloire.

Puis très bas, car faible encore, il ferma les yeux
et la Chimère mensongère berça son sommeil.

Le lendemain il attendit en vain la venue de
l'aimée, cependant le rayonnement d'amour de ses
regards avait tant ébloui son âme qu'il ne déses-
péra pas. Il l'attendit d'heure en heure.

Au soir, il reçut ce simple mot :
« Je suis séquestrée.

« MAINE. »

Le jeune homme poussa un cri de rage, et son
premier mouvement fut de se lever, de courir au
secours de celle qu'il aimait. Mais la faiblesse le
terrassa et il retomba sur son lit.

Toute son inquiétude, sa douleur s'était changée
en haine contre celui qui retenait captive — qui tor-

turait sans doute — la femme dont il avait fait sa divinité.

— Bourreau, je me vengerai, cria-t-il en brandissant son poing menaçant.

Et dans la fièvre de son cerveau, l'idée de meurtre s'implanta.

Le jour suivant, Jean attendit vainement un mot d'explication. Rien.

Au soir, ne pouvant plus dominer son impatience, le jeune homme se leva, s'habilla, et très faible encore, la démarche chancelante, il prit une voiture et se fit déposer à quelques mètres de la maison qu'habitait Mme de Chevrey.

Il passa devant les fenêtres, s'arrêta longuement à contempler celle de Germaine, se demandant avec anxiété quel drame pouvait se jouer derrière ces murs. Son esprit cherchait à s'extérioriser, à percer l'épaisseur de la matière, pour la voir — elle — pour l'encourager, pour la consoler.

Et en dépit du froid qui traversait ses vêtements, et le faisait grelotter, il demeurait là, immobile, comme halluciné.

Une heure, deux heures se passèrent, il était toujours là.

A la fin, pour combattre l'évanouissement qui venait, il fit quelques pas, se rapprocha de la porte cochère. Puis il s'y blottit, et demeura là, comme un malheureux sans gîte.

Les heures s'avançaient, le froid augmentait, la rue était déserte, et l'engourdissement devenait plus grand.

Tout à coup, le jeune homme tressaillit, ramené brusquement à la réalité des choses. Une main venait de s'abattre sur son épaule, une canne sillait l'air pour retomber sur lui.

— Ah voleur ! disait la voix du banquier, tu viens jusqu'ici réclamer ta proie ! Tu sens qu'elle t'échappe et tu la poursuis. Ce n'est pas elle que tu veux sans doute, ce sont les rentes qu'elle te faisait, m... Mais c'est inutile, inutile ! Ma femme et ma fortune sont à moi, je les garde et je te traite, comme on doit traiter les drôles de ton espèce : je t'ai f... à la porte de chez moi, et ce soir, maraud, je te cravache comme une bête mauvaise.

— Monsieur ! criait Jean encore tout étourdi, vous m'en rendrez raison.

Mais le banquier continuait furieux :

— Va demander aux individus des boulevards extérieurs comment ils vident leurs différends ! Entre mon monde et le leur — le tien —, il y a une distance ; l'un ne se commet pas avec l'autre !

— C'est ce que nous verrons, Monsieur, cria Jean fou de colère, en esquissant le geste d'un soufflet.

Mais M. de Chevrey lui arrêta le bras, et le maintint jusqu'au moment où la porte s'étant ouverte, il disparut.

— Oh ! le lâche, hurla Jean, le lâche, je le retrouverai.

Et brisé par la fatigue et la colère, ne pouvant plus se soutenir, il héla un fiacre qui passait et se fit reconduire chez lui.

— Ah ! il ne veut pas se battre avec moi, disait-il,

j'en suis indigne, sans doute ; eh bien, je ferai comme ceux à qui il m'a comparé : je le tuerai ! Germaine, au moins, sera libre, débarrassée du monstre qui la fait souffrir.

Le lendemain, au matin, après une nuit d'insomnie, pendant laquelle sa haine s'était encore exaltée, le jeune homme sortit et acheta un revolver.

De retour chez lui, Jean trouva une lettre. L'écriture n'était pas celle de Germaine, mais elle ne parut pas étrangère au jeune homme. Il ouvrit :

« Monsieur Jean,

« Je ne sais de quel mal souffre notre amitié et pourquoi on la torture, mais je tiens, en ces tristes jours à venir vous assurer que je suis et je resterai toujours votre amie.

« Simone. »

Une larme mouilla les paupières brûlantes du jeune homme. Avec un respect presque religieux, il baisa le nom de la fille de Germaine, en murmurant : « Pauvre chère enfant ! »

Puis jetant un regard d'horreur sur l'arme fratricide, il la repoussa loin de lui.

La douceur de la jeune fille avait effacé la violence du père !

La pensée de Simone apporta au jeune compositeur un calme relatif. Ce jour-là, il souffrit moins.

Cependant le lendemain et le surlendemain s'écoulèrent sans apporter de nouvelles.

Cinq jours seulement après l'agression du banquier, Jean reçut la lettre suivante :

« Mon aimé,

« Je suis vaincue. Je ne puis plus lutter. Séquestrée, il m'est impossible d'aller vers toi, Je tremble d'être surprise. Mon mari est rentré l'autre soir dans un état de fureur incroyable. Il m'a accusée de t'avoir donné un rendez-vous à sa porte. Il m'a dit qu'il t'avait traité comme tu le méritais et il s'est emporté envers moi, jusqu'à me brutaliser. Que s'est-il passé entre vous ? Je ne sais rien ! rien ! !

« Ma fille est malade. Elle dépérit d'une façon si sensible que son père s'inquiète et veut la faire changer de climat.,.. Jean, ma fille t'aimait !... Nous allons partir en Italie ou en Egypte, loin, très loin. M. de Chevrey nous accompagne. Je ne pourrai pas te dire adieu, te revoir avant notre départ. Surtout ne commet pas d'imprudence. Je suis en danger. Mon mari est un être brutal ; j'ai tout à craindre de lui. Puisque notre rêve est détruit, oublie-moi, Jean ; laisse-moi à celui que la loi a fait mon maître, mais que je hais autant que je t'adore.

MAINE. »

En lisant cette lettre, Jean crut devenir fou. Alors, c'était fini ? Elle allait partir loin de lui ! Il ne la reverrait pas, car il ne pouvait songer à la suivre : il n'avait pas d'argent... Il n'aurait même pas la consolation, dans son malheur, de la savoir près de lui, de passer devant la fenêtre derrière laquelle elle se trouvait. Elle allait vivre dans l'inconnu qui doublerait les ténèbres qui s'épaisissaient autour d'elle !

Non, cela ne serait pas ! Elle haïssait le bourreau. Lui, le tuerait ! Oui, il le tuerait. Au moins, elle serait libre et heureuse. Qu'importait le reste !

Jean, au comble de l'exaltation, prit le revolver qu'il avait acheté les jours précédents, s'assura qu'il était bien chargé, le glissa dans sa poche et sortit. Il fit à pied le trajet de l'avenue Trudaine à la rue Lafayette. Il ne songeait pas. Une seule pensée régnait en maîtresse dans son cerveau : Tuer le bourreau.

La porte-cochère était ouverte, il entra ; il gravit l'escalier. A cette heure la pensée du meurtre avait disparu pour faire place à une sorte de joie. Il allait vers elle ! Il allait la revoir enfin !

Julie, la femme de chambre vint lui ouvrir. Elle n'eut pas l'air trop étonné.

— Madame est près de Mlle Simone, lui dit-elle.

— Dites à Mme de Chevrey que je suis là, que je l'attends.

— Bien, Monsieur.

La femme de chambre disparut après avoir fait pénétrer Jean dans le petit salon où ils avaient passé leurs premières heures d'intimité, au début de leur liaison.

Un instant après, Germaine le visage décomposé par l'angoisse, apparaissait. Elle courut au jeune homme.

— Toi! Toi, ici? Oh! Jean tu es fou. Tu nous perds.

Le jeune homme répondit avec un calme effrayant :

— Je viens ou te chercher, ou te tuer!

— Tu es fou, va-t-en!

— Avec toi. Pas autrement.

— Jean par pitié!...

Et folle de terreur, Mme de Chevrey se jeta aux genoux du jeune homme.

A ce moment, la porte que Germaine avait refermée s'ouvrit violemment et la face congestionnée M. de Chevrey parut.

— Misérable! vociféra-t-il. Et d'un geste brutal il releva la femme à genoux et l'envoya rouler dans un des coins de l'appartement.

A la vue du banquier, la colère de Jean s'était subitement rallumée. D'un geste brusque, il sortit le revolver de sa poche et le dirigea vers M. de Chevrey,

— Tiens bourreau, cria-t-il.

Le coup partit ; un flot de sang inonda la chemise du banquier qui chancela, puis s'abattit lourdement sur le parquet.

Mme de Chevrey poussa un cri, tandis que Jean considérait sa victime avec une sorte de stupeur.

A la porte, le visage effaré de la femme de chambre apparut. Mais devant le cadavre du banquier étendu dans une mare de sang, Julie s'échappa en poussant des cris d'effroi. Alors une figure pâle, vêtue de blanc parut à son tour ; c'était Simone.

Quand la jeune fille eut jeté un regard dans la

pièce, elle devint plus pâle encore et, pour ne pas tomber, ses mains se crispèrent aux meubles.

— Mon Dieu! soupira-t-elle.

Et ses yeux, agrandis par la frayeur, quittèrent le corps de M. de Chevrey pour se reporter sur Jean. Elle aperçut le revolver, et comprit. Un faible cri s'échappa de ses lèvres, ses doigts se détachèrent du meuble qui la soutenait pour étreindre sa poitrine, et la frêle jeune fille vint s'abattre près du corps du banquier, dont le sang macula ses beaux cheveux blonds.

A la vue de l'orpheline, Jean avait paru recouvrir ses esprits.

— Pardon, murmura-t-il, je suis un misérable, puisque j'ai tué le père de cet enfant.

Au même moment, quelqu'un lui mit la main au collet.

— Au nom de la loi, je vous arrête, dit une voix nette.

C'était le commissaire de police que la domestique était allée chercher.

XV

RÉVÉLATION

L'affaire fit grand bruit. Dans les journaux et les salons, elle défraya la chronique et les conversations. Le drame surprit. M. et Mme Chevrey étaient connus; et celle-ci avait su garder intacte sa réputation.

Tout d'abord, on ne comprit rien à l'acte de Jean Odin. On crut à la folie.

Le jeune homme d'ailleurs ne fit aucun aveu. Il donna des raisons vagues; M. de Chevrey l'avait insulté et avait refusé de lui en donner raison... Ce motif futile aggrava son cas.

La presse d'ailleurs se montrait hostile. Tout d'abord, on le traita un peu comme M. de Chevrey l'avait traité dans sa colère, et si on n'osa pas appeler le jeune homme du nom brutal que le banquier lui avait donné, on le traita d'être indélicat et de pique-assiette. La famille de M. de Chevrey, dans sa haine très compréhensible du reste, dirigea un instant l'opinion publique.

Mais peu à peu un revirement se fit. On osa faire des allusions à la conduite de Mme de Chevrey, qui avait paru jusqu'alors au-dessus de tout soupçon. Et, bien que l'on fît tout pour étouffer le scandale, celui-ci éclata.

Déjà à l'enterrement du banquier, il se trouva des yeux hostiles pour dévisager la veuve.

Celle-ci terrifiée d'abord, avait cependant repris un peu de calme. La situation était effroyable, certes, mais la jeune femme ne désespérait pas complètement. Germaine était sûre de la discrétion de Jean. Il l'avait trop aimée et il était trop honnête homme, pour faire une révélation qui pût le sauver en la perdant. Mais il fallait essayer d'acheter un autre silence. Celui de la concierge de l'artiste.

Pour cela, Mme de Chevrey mit sous enveloppe un billet de cinq cents francs et écrivit :

« La dame qui venait chez M. Odin vous envoie ce petit souvenir et vous fait savoir qu'elle vous enverra pareille somme à la fin du procès de votre locataire, si vous avez su être discrète. »

Puis elle fit demander Fabienne, et sans lui donner d'explication, la chargea de porter le message. Elle était sûre de la discrétion de l'institutrice.

Cependant la santé de Simone préoccupait Germaine. Les émotions successives avaient brisé la frêle jeune fille. Depuis qu'on l'avait relevée inanimée près du cadavre de son père, elle n'avait pas quitté la chambre. Pâle, grelottant de fièvre, elle demeurait étendue sur un divan, ne souffrant près d'elle que Fabienne. Moralement, physiquement, la fille de Germaine était à bout de forces. L'affreuse catastrophe l'avait anéantie. Sombre, elle aussi se penchait anxieuse sur le mystère du meurtre, cherchant à deviner le secret qu'il renfermait.

L'amour de Jean pour elle, n'expliquait pas cet attentat. Quoi, ce jeune homme qui jamais n'avait osé lui adresser une parole d'amour, serait devenu un assassin parce qu'on l'avait séparé d'elle ! C'était inadmissible !

Elle n'avait pas voulu interroger sa mère, seul témoin du drame. La jeune fille sentait qu'elle ne le devait pas, et sans vouloir croire à l'horrible vérité, elle la pressentait puisqu'au lieu de se rapprocher de Germaine, elle s'en éloignait et refusait d'interroger la seule personne qui eût pu la renseigner.

Souvent, les yeux de Simone s'étaient plongés avides dans ceux de l'institutrice, mais Fabienne avait assuré qu'elle ne savait rien. La jeune fille avait alors demandé des journaux. Sous prétexte de ne pas raviver les émotions qui la tuaient, on les lui avait refusés.

— Oh ! savoir ; savoir ! répétait-elle.

Elle n'osait évoquer le souvenir de Jean.

N'était-il pas le meurtrier de son père ? Elle s'efforçait d'étouffer dans son cœur la voix de la pitié, mais elle y parvenait difficilement. Jean, avait été toute sa vie d'amour !

Et tandis que Fabienne était sortie pour s'acquitter de la mission dont l'avait chargé Mme de Chevrey, demeurée seule, Simone se plongeait dans ses réflexions avec une angoisse plus âpre encore que les jours précédents. Ses nerfs s'exaspéraient, ses mains se crispaient fébrilement. Le silence qui l'entourait était pour son âme l'*in-pace* où tant de malheureux agonisaient jadis.

— Je veux savoir ! Je veux savoir ! répétait-elle.

Et forte de sa surexcitation, elle se leva.

— Tant pis, dit-elle. Je vais sortir, pour acheter des journaux. Je saurai peut-être, enfin !

Elle passa un long vêtement sur son peignoir, mit un chapeau, puis doucement, à pas étouffés, elle sortit.

La jeune fille se dirigea vers le boulevard. Sa volonté domptait sa faiblesse. Elle marchait d'une allure rapide. Au premier kiosque elle acheta les principaux journaux : Le *Matin*, le *Journal*, le *Petit Parisien*, le *Figaro*, les dissimula sous son manteau et revint. Son cœur était soulagé : un rayon de jour allait enfin traverser la nuit qui l'enveloppait.

Elle rentra dans sa chambre. Personne ne s'était aperçue de son absence. Après s'être débarrassée de son chapeau et de son manteau, elle reprit sa place sur le divan et ouvrit un journal. Tout de suite, en grandes lettres, elle aperçut :

Le crime de la rue Lafayette.

Elle lut avidement, l'article. Celui-ci était sympathique au meurtrier. Il plaignait l'accusé et indiquait clairement que son silence protégeait l'honneur d'une femme.

« On a cherché, disait-il, à masquer une autre passion en criant bien haut l'amour de Mlle de Chevrey pour le jeune compositeur. Cette jeune fille — presqu'une enfant — a pu, certes, s'éprendre de son professeur, mais nous pouvons assurer que jamais celui-ci ne répondit à ses timides avances. A cette fleur de printemps, Jean Odin préférait la fleur d'automne dont le parfum devait le griser jusqu'à la folie du meurtre.

On a retrouvé au domicile de l'artiste, un billet écrit par Mlle de Chevrey dans lequel celle-ci l'assurait de sa fidèle amitié ; mais nous nous demandons ce que sont devenues les nombreuses lettres écrites par la « dame voilée » qui venait lui rendre visite au moins deux fois chaque semaine, et que la concierge prétend ne pouvoir reconnaître. Cette correspondance donnerait le mot d'une énigme — que chacun devine — mais qui en se prolongeant aggrave de façon terrible le cas de l'accusé. »

Quand elle termina cette lecture, Simone avait les joues brûlantes : son amour si discret — amour qui aujourd'hui devenait un crime — avait été proclamé devant tous !

La jeune fille souffrait horriblement dans sa délicatesse.

...Mais l'autre ? la rivale ? La dame voilée qui allait chez lui, qui était-elle ? « A cette fleur de printemps, il préféra la fleur d'automne dont le parfum le grisa jusqu'au meurtre. » Jean avait tué M. de Chevrey ; quel rapport y avait-il entre ce meurtre et cette femme ?

Comme une soudaine révélation, une pensée entra dans le cerveau de Simone : Ma mère ! Et terrassée par une horrible souffrance, le jeune fille poussa un grand cri et tomba évanouie.

...Quand elle revint à elle, elle crut avoir été le jouet d'un cauchemar ; mais peu à peu la mémoire lui revint et comme le visage de Mme de Chevrey se penchait, anxieux, vers elle, elle comprit tout.

— Par pitié ! murmura-t-elle en repoussant la jeune femme et en détournant la tête.

— Ma fille ! insista la veuve du banquier.

Mais le docteur qui était présent, écarta la mère.

— Madame, retirez-vous. Mlle Simone est dans un tel état de surexcitation que la moindre contrariété pourrait lui être dangereuse quand votre fille sera revenue à elle complètement, elle vous demandera sans doute.

Sans protester, Germaine se retira.

Alors Simone tenta de serrer la main du vieux docteur et murmura :

— Défendez-lui de revenir... Je ne peux pas... Je
ne veux pas la voir.

Puis elle ajouta d'un ton suppliant :

— Faites-moi mourir.

— Allons du courage, répondit le médecin ému
malgré lui, est-ce qu'il est permis de demander la
mort à votre âge?... Tenez, votre grande amie Fabienne va venir près de vous. Mieux que moi, elle
saura vous guérir.

L'institutrice pencha son beau visage sérieux vers
la jeune fille.

— Ma Simone ! fit-elle en l'étreignant.

— Ma mère ! répondit l'enfant.

Et toutes deux demeurèrent seules.

Dans le silence, la jeune malade s'efforçait de reprendre des forces afin de pouvoir penser et parler.
Elle voulait interroger l'institutrice, savoir d'elle la
vérité.

— Fabienne, murmura-t-elle enfin, je veux savoir.

— Quoi ? mon enfant chérie.

— Tout. Je ne veux plus être environnée de ce mystère où je me heurte au cadavre de mon père, où son
sang a rejailli jusqu'à moi, où les secrets de mon
cœur si discret et si fier sont livrés à tous, où je me
trouve souillée sans jamais avoir effleuré la boue. J'ai
le droit de savoir, Fabienne. Votre conscience doit
vous le dire. Je suis une femme ; j'ai l'âme d'une
femme, et je puis regarder en face le Malheur ou le
Mal.

Sa voix s'était raffermie en un accent d'autorité.

Fabienne, hésitante, demeurait silencieuse.

Simone poursuivit :

— Toi, tu es ma vraie mère ; tu as créé mon esprit, mon cœur. Tu y as fait naître une immense pitié pour la fragilité humaine. Et tandis que beaucoup voient le mal partout, toi tu ne le vois nulle part. Tu sais toujours trouver la fleur cachée du Bien. Je suis ta fille... Parle-moi. Dis-moi tout, ne crains rien.

Fabienne contempla la jeune fille avec admiration. Cependant elle hésitait encore. D'ailleurs que savait-elle ? Elle pressentait la vérité sans la connaître. A personne, Mme de Chevrey n'avait fait de confidences ; car la jeune femme voulait garder son honneur intact, fallut-il pour cela sacrifier celui qui avait été son amant. Dans son cœur n'existait plus aucune pitié pour cet homme qu'elle avait perdu irrémédiablement. Elle ne pensait qu'à se sauver, elle.

— Ma petite enfant, dit enfin Fabienne, je pense que tu as raison en demandant que l'on soit franche vis-à-vis de toi. Le Malheur est un ennemi avec lequel on doit savoir se mesurer. Ce qui arrive est terrible, mais je sais que tu seras capable de supporter pareille adversité. Te laisser dans l'ignorance serait une lâcheté. Ton cœur doit être juge dans cette affaire et tu dois en connaître tous les détails.

Aux paroles de l'institutrice, la jeune fille s'était soulevée sur l'oreiller. Cette franchise la rendait forte. On faisait appel à son courage ; elle en aurait. La victime serait digne du sacrifice.

— Alors, dit-elle, lentement, c'est vrai, celle qu'il aimait était... ma mère ?

— Oui, ma pauvre enfant.

— Et... il l'aimait depuis longtemps ?

— Je le crois.

— Et pour lui, elle a oublié tous ses devoirs ?

— Oui.

— Jusqu'ici ma mère n'a rien avoué ?

— Non ; Mme de Chevrey semble croire que le silence effacera sa faute ; elle craint l'opinion publique, qu'elle ne peut, cependant, arriver à tromper. Chacun devine le vrai motif du crime.

— Lorsqu'on a commis une faute on doit avoir le courage de l'avouer repartit âprement Simone. Aujourd'hui, pas plus qu'hier, Mme de Chevrey ne doit avoir honte de l'homme qu'elle a aimé. Si elle acceptait la part de responsabilité qui lui revient dans l'acte grave qui a été commis, elle diminuerait sa culpabilité. Ce n'est pas le Monde qui doit être juge, c'est sa conscience et je ne comprends pas que celle-ci lui dise d'abandonner son complice.

— Tu as raison, Simone. D'autant plus qu'elle aggrave singulièrement le cas de l'accusé. Quand la jalousie est le mobile du crime, celui-ci trouve de grandes excuses devant le jury ; mais quand on tue un homme pour un motif futile, comme celui de l'orgueil froissé, on encourt la plus grande des responsabilités.

— Alors, le cas de M. Odin est grave ? demanda Simone, soudainement angoissée.

— Très grave.

— Et ma mère ne veut rien faire pour le sauver ?

— Jusqu'ici elle n'a rien fait.

Le silence retomba lourd entre les deux femmes.

Simone reposa la tête sur l'oreiller, et seule poursuivit le cours de ses réflexions, sa détresse était infinie.

Elle sentait que tout en elle se brisait. Ses pensées semblaient prises de vertige ; elles se pressaient tumultueuses dans son cerveau ; mais toutes avaient le même degré d'épouvante. Son corps frêle était anéanti. Une sorte de courant, entraînait son esprit, ses forces, tout d'elle. Elle sentait que si elle s'abandonnait, elle s'en irait doucement vers la Mort libératrice ; là où elle ne connaîtrait plus les hideurs qui l'entouraient ; où elle pourrait demeurer la fleur pure qu'elle avait toujours été. — Oui, brisée comme elle l'était, elle pourrait facilement mourir. Elle n'avait qu'à ne pas opposer de résistance au chagrin qui l'enserrait et qui la tuait lentement, mais sûrement.

A cette pensée, elle éprouva un immense bien-être.

Mais soudain, une voix s'éveilla en elle. Elle avait la force de persuasion de la voix de Fabienne.

— Alors, toi aussi, tu vas être lâche, disait-elle. Digne fille de ta mère, tu vas, comme elle te reconnaître vaincue et fuir la lutte et les responsabilités ! Crois-tu donc que ton rôle, à toi aussi, est de déserter l'arène terrible qu'est la Vie ? Et quand tant d'autres autour de toi se déchirent aux épines, étais-tu donc faites pour ne connaître que les roses ? Fille de riches, élevée dans le bien-être, quel mérite avais-tu ? La valeur s'acquiert dans la lutte. N'as-tu pas une tâche à remplir ? Fragilité humaine, tu dois t'unir aux autres fragilités pour les soutenir, et non pour les juger. La Pitié est le meilleur juge ; le Pardon la meilleure sentence. Aidée par eux, tu dois vivre et consoler.

Aujourd'hui, les deux coupables à tes yeux ne doivent plus être que deux malheureux.

La voix se tut.

Simone fit un suprême effort pour se ressaisir, pour s'arracher au courant qui l'entraînait là-bas, tout là-bas vers l'oubli.

— J'accepte la vie, murmura-t-elle lentement, mais avec décision.

Et elle rouvrit les yeux.

Au-dessus d'elle, elle vit le visage angoissé de Fabienne. Etait-ce la voix de son amie qu'elle avait entendue tout à l'heure dans son délire ?

Elle était digne d'être l'interprète de pareils sentiments.

La jeune fille l'attira à elle et murmura.

— Fabienne, je veux vivre. Apprends moi la Pitié et le Pardon.

XVI

DEUX CONSCIENCES.

Dans sa prison Jean, lentement, revenait à la raison. Eloigné de la chair qui l'avait affolé, il jugeait clairement l'âme de la femme qu'il avait si éperdument aimée. Il la voyait enfin, dans tout son égoïsme telle que la lui avait dépeinte, aux premiers jours, son ami Philippe Marceau. Le jeune homme souffrait plus encore de cette désillusion que de la liberté perdue, et des menaces de l'horizon sombre.

Pour ne pas trop souffrir des longues heures solitaires, Jean s'était remis au travail. Il notait les plaintes de son âme blessée, et l'un des geôliers qui l'entendit un soir les moduler, en fut ému, tant elles étaient douloureuses.

Cependant, le spectre de sa victime, ne le hantait pas. M. de Chevrey ne lui avait jamais inspiré aucune sympathie. S'il avait des remords, c'était en songeant à Simone.

Le souvenir de la jeune fille lui était particulièrement douloureux. Il comprenait ce qu'elle devait souffrir sous le scalpel de la curiosité publique.

Pauvre petite Simone dont l'amour avait été si pur !

Le jeune homme se sentait pour elle une immense pitié. Il eut voulu à genoux, lui demander pardon de son acte.

Une confrontation eut lieu entre lui et Mme de Chevrey. Très calme, la jeune femme répéta son affirmation. — Il n'y a jamais eu entre nous que des relations amicales, nées surtout de la communauté de nos goûts artistiques.

Le jeune homme chercha en vain, dans les yeux de la jeune femme un peu de pitié, un reste de tendresse. Il ne rencontra qu'un regard froid et résolu.

L'accusé avait confié sa défense à son ami Philippe Marceau. Ce dernier n'avait pas caché au jeune homme combien son cas était grave et combien il le devenait plus encore, par la négation de ses relations avec la femme de sa victime.

— Nul, aujourd'hui, ne les ignore, disait l'avocat. Pourquoi ne parles-tu pas ?

Et Jean, avec véhémence, de répliquer :

— Me crois-tu donc tombé si bas, que je puisse accepter de perdre une femme pour me sauver ! L'honneur de Mme de Chevrey est une chose sacrée.

— Alors, je te préviens que je n'entrerai pas dans ce complot du silence, et que dans ma plaidoirie, j'indiquerai le mobile du crime.

— Je te le défends ! D'ailleurs, Mme de Chevrey, la seule personne qui aurait le droit de parler, donne l'exemple du mutisme.

— Cela prouve la valeur de sa conscience ! répliqua violemment l'avocat. Est-elle assez lâche !

— Philippe !

— Mon pauvre ami, n'essaye pas encore de la défendre. Tu n'arriveras pas à te tromper toi-même. Aujourd'hui, tu sais ce qu'elle vaut.

Jean voulut protester, mais les larmes étouffèrent sa voix.

Cependant, l'instruction de l'affaire était terminée Jean Odin devait être jugé aux prochaines assises.

Très inquiet du sort de son ami, Philippe voulut tenter une suprême démarche : il alla trouver Mme de Chevrey.

La jeune femme le reçut sans empressement, très digne sous ses vêtements de deuil.

Non moins froid, Philippe expliqua le but de sa visite.

— Je viens vous implorer, Madame, en faveur de
mon ami, Jean Odin, votre victime. Mais je me hâte de
vous dire que ce n'est pas lui qui m'envoie. Stoïque,
il accepte la condamnation qui vient de vous, trop
homme d'honneur pour parler ; trop fier pour se
plaindre. Je viens de mon propre gré, car j'estime
qu'il est impossible que votre conscience vous laisse
condamner cet homme. Votre silence, Madame est
une honte. La vie de mon ami — de votre amant —
est en jeu ; je trouve que vous en disposez vraiment
trop à la légère. Devant moi, vous ne pouvez men-
tir, répéter la fable dont vous tentez de masquer votre faute, car moi, je sais. — Et le monde sait aussi !
Croyez-moi, Madame, vous ne parviendrez pas à le
tromper. Il vous juge et il vous blâme plus durement
que votre complice !

Mme de Chevrey releva sa tête hautaine.

— Je ne sais vraiment, Monsieur, ce que vous venez
chercher près de moi. Sont-ce des arguments pour
votre défense ? Je vous croyais assez de talent pour
n'avoir besoin d'aucun collaborateur. D'ailleurs, sou-
venez-vous, Monsieur, qu'un avocat est un confesseur.

— Je le sais, Madame, et c'est parce que j'observe
mon devoir que je me crois le droit de vous rappeler
le vôtre.

— Défendre l'assassin de mon mari ? La mission
est belle !

— Défendre votre amant, Madame ; l'amant que
vous avez entraîné au crime.

— Taisez-vous, Monsieur, lorsqu'un homme est

devenu un vulgaire assassin, il ne mérite aucune pitié.

— C'est votre dernier mot, Madame ? Vous refusez de sauver la tête de celui qui vous a aimée jusqu'à la folie ?

— Je refuse de défendre l'assassin de M. de Chevrey.

— Madame, songez à la peine qu'encourt ce jeune homme !

— Monsieur, songez à ma vie, désormais.

— C'est bien, Madame ; vous êtes inflexible, le monde jugera. Je me retire.

Mme de Chevrey s'inclina froidement et l'avocat sortit sans qu'elle le reconduisit.

Seule, la jeune femme demeura rêveuse. Ses sourcils se contractèrent violemment et elle murmura :

— Cet homme m'a perdue, sa condamnation ne sera que justice. Je ne peux pas, je ne veux pas parler !

La jeune femme se disposait à regagner sa chambre, quand Simone entra.

Vêtue d'un long peignoir de deuil, elle était pâle et grave. Depuis le jour où tout lui avait été révélé, la jeune fille avait tenté vainement de combattre le sentiment d'aversion qui l'éloignait de sa mère. La lâcheté de la conduite de Mme de Chevrey, annihilait l'effort de bonté de sa fille. Et les rapports entre les deux femmes étaient presque nuls.

— Ma mère, dit Simone lentement, voulez-vous me permettre de vous parler ?

Mme de Chevrey fit un signe d'assentiment ; mais

elle détourna les yeux de sa fille. Dans son deuil et sa douleur, celle-ci lui apparaissait grandie, presque majestueuse.

De tous les juges, c'était celui-là que la jeune femme redoutait le plus.

Simone s'assit.

— Tout à l'heure, dit-elle, j'ai saisi sans le vouloir une partie de l'entretien que vous avez eu avec M. Marceau. Sa demande était juste, ma mère ; pourquoi l'avez-vous repoussée ?

— Parce que je ne dois pas défendre le meurtrier de mon mari ; parce que ce qu'il me demande ternirait à jamais un nom qui est le tien ; parce que ce qu'il allègue est un mensonge !

— Ma mère, vous avez tort de vouloir persévérer dans cette voie. Laissez-moi vous parler à cœur ouvert ; permettez que la douleur qui nous unit efface les barrières du respect qui nous séparent. Permettez que je vous parle comme une amie. J'ai tant souffert, tant raisonné, que je crois qu'à cette heure, vous ne pouvez avoir une meilleure conseillère que moi. — Eh bien, ma mère, je vous conseille de reconnaître le passé tel qu'il a été ; s'il fut coupable c'est le seul moyen de le racheter. Si vous avez aimé M. Odin, pourquoi ne pas l'avouer ? Vous avez eu des excuses, beaucoup d'excuses, car je comprends, à cette heure, combien vous avez dû trouver peu d'appui chez mon pauvre père. Etes-vous donc si coupable d'avoir aimé ? sincèrement aimé ? Ma mère, ma mère, ce n'est pas là où est la vraie faute, et votre conduite présente est plus blâmable que votre conduite passée.

Allez devant les juges, dites bien haut que c'est par amour pour vous que M. Odin est devenu criminel; faites que, grâce à vous, on le juge équitablement, et autour de vous les antipathies se changeront en sympathies.

Germaine eut un geste de révolte.

— Simone, je te défends de parler ainsi? De te faire l'interprète des calomniateurs !

— Ma mère, c'est la Vérité que vous appelez Calomnie. Je vous en conjure, montrez-vous digne de l'épreuve que vous subissez et, puisque vous l'avez aimé envers et contre tous, sachez le défendre.

— Simone, tes conseils sont infâmes ! Défendre le meurtrier de ton père ! Ton amour a donc résisté à tout !

— Ne parlons pas de moi, ma mère. Vous savez que si mon amour a su se taire autrefois, il saura disparaître aujourd'hui. Il n'en est pas de même pour vous. Vous avez un devoir à remplir. Devant la justice c'est la vérité absolue qui doit comparaître. Et si je parle ainsi, c'est que vous êtes ma mère ; que devant le monde nous sommes solidaires, et que nous devons l'être devant la conscience. Parlez, ma mère, parlez, moi, votre fille, je vous en prie !

Et Simone éplorée se laissa tomber aux genoux de Mme de Chevrey.

Celle-ci détourna ses regards du visage de la jeune fille, et répondit sèchement :

— Il est inutile d'insister. Je sais ce que j'ai à faire. En défendant mon honneur, c'est le tien que je défends.

Simone se releva et, d'un ton infiniment triste, elle dit lentement :

— C'est bien, ma mère. Moi aussi, je sais ce que j'ai à faire. Ma conscience remplacera la vôtre ; votre devoir sera le mien !

XVII

LE JUGEMENT

Le jour du procès était arrivé. La tactique de Jean Odin n'avait pas varié, non plus que celle de Mme de Chevrey.

Une foule d'artistes et de mondains, amis et connaissances de l'accusé et de sa victime, se pressait dans la salle d'audience. Beaucoup avaient demandé à être entendus comme témoins : les parents de M. de Chevrey pour réclamer vengeance, les amis du jeune compositeur, pour demander pitié.

Le père et la mère Odin étaient dissimulés dans la salle ; les pauvres vieux affolés à la nouvelle du drame, honteux du scandale que celui-ci avait provoqué, étaient venus quand même voir juger leur fils.

— Ah ! ce Paris ! ne cessait de répéter le paysan, en fronçant les sourcils, c'est lui qui a fait tout le mal ; quand je disais qu'il me perdrait mon fils !

L'accusé était là, calme, presque indifférent. Il avait tant souffert que rien désormais ne pourrait augmenter cette souffrance. La vie lui importait peu, puisque l'amour en était pour toujours banni.

A ses côtés, son avocat paraissait plus nerveux, plus inquiet que lui du résultat du procès.

Dès les premiers interrogatoires, le président se montra nettement hostile à l'accusé. Par ses commentaires, il aggrava son cas, rejetant le doute qui planait sur le mobile du crime, pour présenter le coupable comme un vulgaire assassin qui avait cédé à un mouvement de colère, en se voyant fermer à jamais la porte de la maison hospitalière qui l'avait si généreusement hébergé pendant de longs mois.

D'ailleurs, les paroles de Jean vinrent presque confirmer ce jugement. Il niait tout instinct passionnel, pour reconnaître que c'était à la suite d'une querelle avec le banquier qu'il avait eu la pensée de le tuer.

— Votre crime a été prémédité, dit le président, car le révolver dont vous vous êtes servi avait été acheté par vous quelques jours avant le crime.

— C'était pour en faire usage contre lui-même, interrompit Philippe Marceau.

— Et c'est sur M. de Chevrey qu'il l'a essayé ! ricana le président.

L'interrogatoire fini, ce fut le défilé des témoins. Le premier cité était la veuve de la victime.

Mais le président déclara :

— Je viens de recevoir un certificat des médecins, constatant que Mme de Chevrey, brisée par toutes ses émotions, est dans un état de santé qui ne lui permet pas de se rendre ici. D'ailleurs, elle déclare n'avoir rien à ajouter à ses déclarations précédentes.

— Il eut été pourtant de toute importance d'entendre ce témoin, déclara l'avocat. J'avais plusieurs questions à lui poser… mais, cette maladie était prévue !

Jean fit un signe et Philippe n'insista pas.

Presque toutes les dépositions furent favorables à l'accusé. Ses amis vinrent déclarer à l'unisson que Jean était un homme de cœur et d'honneur, et qu'il demeurerait tel à leurs yeux ; que l'amour expliquait seul la cause du drame, et que le mystère qui l'entourait cachait certainement l'honneur d'une femme.

La concierge de Jean déposa qu'une femme venait souvent chez lui, mais qu'elle était si soigneusement voilée qu'il lui serait impossible de la reconnaître.

— J'étais libre d'avoir une maîtresse, interrompit Jean nerveux, et il est inutile de lever ici le voile dont elle s'enveloppait ! Le nom de ma maîtresse ne regarde nullement l'auditoire.

Cependant le dernier témoin avait fini sa déposition, le procureur général allait commencer son réquisitoire quand Philippe Marceau demanda la parole.

— Il est ici une personne qui demande à être entendue, M. le président, un témoin dont la déposition sera très importante, mais que, par délicatesse, on n'avait pas osé faire citer. C'est Mlle Simone de Chevrey.

— Faites entrer, dit le président.

Un instant après Simone paraissait à la barre.

Elle rejeta le grand voile qui lui couvrait le visage et apparut très pâle, mais très calme. Sa beauté, fit passer dans la salle un murmure de sympathie.

Elle commença d'une voix nette et grave dans laquelle on devinait la grande volonté de cette frêle jeune fille.

— J'ai cru de mon devoir de venir ici, MM. les Jurés, afin de faire connaître toute la vérité. Vous jugez à cette heure un homme pour lequel je ne puis avoir aucun sentiment de sympathie. C'est le meurtrier de mon père ; mais j'estime, qu'il doit, quand même être jugé équitablement. — Un sentiment digne d'estime l'a fait jusqu'ici sceller la vérité ; il n'appartenait pas à lui de la faire connaître, il n'appartenait qu'à moi, puisque c'est mon honneur qui est en jeu.

La jeune fille s'arrêta un instant. Dans la salle on n'entendait pas un souffle ; l'accusé avait ses regards rivés sur le beau visage de la jeune fille ; il se demandait avec angoisse ce qu'elle allait dire.

Simone reprit :

— Oui, l'accusé aimait une femme et c'est à cause d'elle qu'il a tué ; désespéré, fou, il a voulu, dans un moment de révolte, renverser l'obstacle qui le séparait d'elle. Il a tué le père, qui lui refusait la main de sa fille !...

Elle s'interrompit encore, puis reprit :

M. Odin et moi nous nous aimions follement, nous nous étions jurés d'être pour toujours unis. Je le déclare bien haut, il n'entrait dans ce désir aucune considération pécunière. M. Odin, m'eut prise sans dot !

Mon père s'opposa formellement à notre mariage et jeta à la porte celui que j'aimais.

Une querelle éclata entre eux, et exaspéré, désespéré, se croyant à tout jamais séparé de moi, M. Odin
tira et tua mon père.

Voilà la vérité. Je tiens à ce qu'aucun soupçon
malveillant ne vienne salir une autre que moi,...

M. Odin, en tuant mon père a tué mon amour, et
je le répète, je suis venue ici apporter la vérité et
non demander la clémence. Messieurs les Jurés vous
avez à juger un crime où l'amour et non la cupidité
a joué le principal rôle.

Simone se tut. Elle ramena sur son visage l'épais
voile de crêpe et demanda au milieu du silence :

— Je puis me retirer ? M. le Président.

Au moment où celui-ci donnait son assentiment et
que des applaudissements éclataient dans la salle,
Jean voulut se lever.

Il ne pouvait accepter ce pieux mensonge.

Son avocat le retint.

— Que vas-tu dire ?

— Protester contre les paroles de cette jeune fille ?

— Je ne puis accepter qu'elle se perde pour moi.

— Elle sauve sa mère ! répondit Philippe très ému.
D'ailleurs que pourrais-tu dire ? Qu'elle a menti, que
tu ne l'as jamais aimée ? alors à quel sentiment obéi-
rait-elle en venant ici ? On ne pourrait croire qu'elle
vient te sauver, toi, le meurtrier de son père ; et le
nom de Germaine éclaterait sur toutes les bouches.

— Oh ! c'est horrible ! fit Jean, en prenant sa tête
dans ses mains.

Et pour la première fois, il sanglota.

A cette heure, il se jugeait un grand coupable. Il avait pris tout le bonheur, de cette enfant, si belle, si pure, si bonne ! Simone ! c'était la divinité, qu'il eut dû adorer !

Plongé dans ses tristes pensées, la tête dans ses mains, il n'entendit pas le réquisitoire de l'avocat général. Celui-ci, fut sévère, bien qu'on sentit que l'aveu de Simone en avait cependant atténué la rigueur. Il demanda pour le coupable un châtiment qui puisse donner une leçon à tous ces détraqués qui, sous prétexte d'aimer une femme, la condamnaient à la mort ou à l'éternel désespoir !

Après lui, Philippe Marceau eut la parole. Il plaida chaleureusement la cause de l'accusé ; il fut éloquent.

« Odin, dit-il, a agi sous l'empire de l'exaspération, et la colère, vous le savez, Messieurs, les jurés, est une folie qui, bien que passagère rend irresponsable l'homme qui en est la proie. Croyez-vous que si Odin eut été capable de raisonner son acte, il eut tué le père de cette jeune fille qu'il adorait ? il eut étalé cette tache sanglante sur la robe virginale ? il se fut à jamais séparé d'elle, par quelque chose de plus terrible, encore que la Mort ?

« Odin était fou ; et les fous, Messieurs, on ne les condamne pas ! La peine morale que subit l'accusé à cette heure, est la pire de toutes les tortures. Elle sera plus terrible que tous les châtiments que vous pourriez lui infliger Ayez pitié de lui, Messieurs, ce n'est pas un misérable ; c'est un malheureux !

Après cette plaidoirie, le Président ayant demandé

à l'accusé s'il avait quelque chose à ajouter, sur la
réponse négative de celui-ci, la Cour se retira pour
délibérer.

Deux heures plus tard, elle rentrait en séance, et
condamnait Jean Odin à la peine de cinq années de
travaux forcés.

L'arrêt laissa le jeune homme indifférent.

Son âme extériorisée s'était élevée très haut, au-
dessus de ces hommes qui venaient de le juger. Par
delà la foule qu'animaient des sentiments divers, par
delà ces murs qui se refermaient sur sa liberté, il dé-
couvrait l'horizon infini, au sein duquel rayonnait
l'angélique beauté de Simone, véritable incarnation
de la Rédemption.

Et docilement, sans un soupir de regret, il se laissa
emmener par les gardes.

Ce fut Philippe Marceau qui se chargea d'apprendre à Mlle de Chevrey la condamnation de Jean.

La jeune fille l'accueillit sans un tressaillement.

— Maintenant, dit-elle, tristement, Justice est
faite. M. Odin a été jugé *équitablement*.

— Oui Mademoiselle, grâce à vous !

Et l'avocat très ému, serra les mains de la géné-
reuse jeune fille.

— Vous avez été admirable de courage et de
loyauté.

— J'ai fait ce que je devais faire, Monsieur, répondit-elle simplement.

— Et maintenant, ma chère enfant, me permettrez-vous de vous demander quel est votre plan de vie future ?

— Fuir le scandale, la curiosité, me retirer avec Fabienne et Mme de Chevrey à la villa Germaine et apprendre, dans la solitude, à pardonner à celle qui, malgré tout, est ma mère !

Je ne serai satisfaite que le jour où j'aurai déposé sur son front, des lèvres et du cœur, le baiser de Pardon. — La Rédemption n'est-ce pas là tout l'avenir ?

Et sur cette parole qui était comme un geste d'absolvance sur le front des coupables les deux jeunes gens se séparèrent...

Courbevoie. — Imp. E. BERNARD, 14, rue de la Station.

www.ingramcontent.com/pod-product-compliance
Ingram Content Group UK Ltd.
Pitfield, Milton Keynes, MK11 3LW, UK
UKHW022353090726
13658UKWH00002B/614